U0095438

巅峰阅读文库
DIANFENG YUEDU WENKU
校园文学优酷悦读

你的生命只剩 24小时

冯舒 著

最原创故事

天津人民出版社

图书在版编目（CIP）数据

你的生命只剩 24 小时／冯舒著．—天津：天津人民出版社，2012.1

（巅峰阅读文库．校园文学优酷悦读）

ISBN 978 – 7 – 201 – 07301 – 9

Ⅰ.①你… Ⅱ.①冯… Ⅲ.①故事 – 作品集 – 中国 – 当代 Ⅳ.①I247.8

中国版本图书馆 CIP 数据核字（2011）第 245930 号

天津人民出版社出版

出版人：刘晓津

（天津市西康路 35 号　邮政编码：300051）

邮购部电话：（022）23332469

网址：http：//www. tjrmcbs. com. cn

电子信箱：tjrmchs@ 126. com

北京市凯鑫彩色印刷有限公司

2012 年 1 月第 1 版　2012 年 1 月第 1 次印刷

787 × 1092 毫米　16 开本　12 印张

字数：150 千字

定价：20. 00 元

序　言

　　小友冯舒要出悬疑故事集，邀我作序，我欣然应之。待抻纸握笔，却不知从何说起。说来，耽读悬疑故事于我还是早年间的事，只是后来兴趣转移，阅读视野遂投向了他处。但我仍然写下这篇序文。无他，缘在我与冯舒有一段日子朝夕相处，大家有同好，对其人其文还是有些了解，作序自然不容推辞。

　　冯舒写悬疑在圈内小有名气，他何以修炼至此？我一向以为写悬疑故事，得有精密复杂的头脑，且生就一副好性格。看冯舒面相，天庭饱满，脑门光亮，真是相书上说的聪明之辈，难怪他钟爱悬疑。他笔下的故事各有风姿，说起来却是云遮雾罩，疑云密布，仿佛一团乱麻不知头绪从何理起。别急，他自有解法，待一把把门锁打开，却原来如此。

　　再说性格。写悬疑无非设疑解疑。别看故事情节紧张，可写时却需心情放松，否则一峻急，故事就说不圆了。冯舒性格沉稳安详，写起故事来，板眼合度，有条不紊。待氛围培足，忽地笔锋一转，悬窍依次解开。所以，读他的故事如人坐舟中，流水推舟，一泻千里，然而安澜处却是暗流汹涌，令人不免心惊胆寒。其实，他要的就是这个效果。

　　是不是脑子灵活，性格好就能写好悬疑？这倒未必。冯舒的悬疑笔墨高深，背后还有暗功夫。解读他的故事此点绝对不能忽略。在我们朝夕相处的那段日子里，我亲见他极为热心学习。纸面的、

网络的、音画的，各种知识信息他皆兼收并蓄，储备了较为全面的知识结构。所以，他的故事往往有一种知识背景，这比起那些"硬造"的悬疑自然高明了几许，仿佛有体积，有重量，可知可感。说来，世人多有轻视悬疑的倾向，这或许是偏见，但至少对于冯舒，他那些悬疑故事值得一读。

最后我要感谢冯舒，因为他，现在晚间闲着时要抽空读一段"悬疑"。早年间的阅读感觉又回来了。

是为序。

朱鸿伟

目录

目录

第一辑　你的生命只剩24小时

你的生命只剩24小时

一、11月13日晚23：00

和往常一样，聂剑录完节目，走进电视台的地下停车场时，正好是晚上十一点。他打开车门，正准备发动汽车赶回郊外的别墅，手机突然响了起来。

这是一个陌生的电话号码发来的短信："如果你的生命只剩最后24小时，你最想做什么？"聂剑微微一笑，随手将手机扔在了一边。虽然不知道这是谁发来的短信，但对方肯定是在拿他的节目开玩笑。

聂剑是著名的电视节目主持人，短信上的那句话，正是来自不久前他主持的一期节目。那一次，聂剑邀请了几个影视明星，就"生命最后24小时最想做的事情"进行访谈。在节目中，有人说要抓紧时间安排后事，有人说要大吃一顿，还有人说要找回初恋情人……当然，谁也没有当真。刚才这个短信，显然也是一个玩笑。

聂剑的车刚驶出电视台的大门，手机又响了，又是那个号码发来了短信："你真的只能活24小时了，别不相信！"

这条短信已经超出了玩笑的范围，显然是在咒骂自己。聂剑靠边停了车，按短信的号码回拨过去。

"你他妈……"他正想开骂，电话里就传出了一个中年男子的声音："你是聂剑老师吧？请别生气，我并不是要诅咒你，而是真的预感到了你会死去……"

"预感？"聂剑更生气了，"你是姜子牙还是诸葛亮？有预感你就去买彩票呀！"

对方却轻声说道："我只是想帮你，并没有恶意。我已经把预感到的另一件事写在了纸条上，塞进了你的车里。"说完，他挂断了电话。

聂剑半信半疑地在车内找起来，果然在车窗下发现了一张纸条，上面写着："小心，今晚你将在隆德立交桥下撞倒一个乞丐。"

隆德立交桥是聂剑回别墅的必经之路，桥下的确住着一个乞丐。聂剑每次经过，都会看到他在乞讨，难道自己今晚真的会撞倒那个乞丐？

聂剑缓慢而全神贯注地朝隆德立交桥驶去，快到桥下时，却发现一个人也没有。为了避免那个乞丐突然从角落里跑出来撞到了车上，聂剑就把车停在路边。他打算先找到那个乞丐，给他一点钱，让他不要出来，然后自己再开车离开。

聂剑围着立交桥找了一圈，却没有发现那个乞丐。他见旁边的一个窝棚亮着灯，就走了进去，里面也没有人。

就在这时，外面传来了汽车防盗器的尖叫声，有人在动自己的车！聂剑急忙转身跑出去，却与疾步进来的一个人撞了个满怀，将那人撞倒在地。

聂剑低头一看，这不正是那个乞丐吗？乞丐一脸疑惑，说："你进我屋里干什么？"

聂剑不知如何回答，他的手机又响了起来，还是那人发来的短信："怎么样，你撞倒那个乞丐了吧？忘了告诉你，撞倒他的不是你的汽车，而是你的身体。"

聂剑顿时目瞪口呆。

二、11月14日凌晨00：05

回到车里呆坐了许久，聂剑才拿起手机按了那个发来短信的号码。

"我就知道你会给我打电话。"对方说，"聂主持人，你相信我的预感了吧？"

聂剑问："你到底是谁？"

"我是谁并不重要，重要的是我的预感准不准确。"对方胸有成竹地说，"我还预感到你会来见我。我现在在翠云路的绿波茶楼等你，你赶紧过来。别担心，你这一路上不会再有事。"

聂剑挂断电话后，马上赶去翠云路，一路上果然非常顺利。到了绿波茶楼，一个服务生把聂剑引进了一个包间，只见里面端坐着一个身穿长衫的中年男子。

"我叫孙也夫，是靠相命卜卦为生的闲人。能认识大名鼎鼎的聂主持人，真是荣幸得很啊！"说着，中年男子站了起来，向聂剑伸出手来。

聂剑冷冷地和他握了握手，在对面坐了下来。

孙也夫像是没有看出聂剑的冷淡，他热情地斟上茶，这才说道："这事说起来有点不可思议，却是千真万确……"

他告诉聂剑，自己本来在学校里教书，不知从何时起，他发现自己竟有预测未来的本领。只要他全神贯注地凝视着一个人，脑子里就会出现未来24小时内发生在这人身上的事情。当然，并不是每次凝视别人都会出现预感，但一旦出现了预感，却都非常灵验。所以，他离开了学校，以给人看相算命为业。

"难道在你的脑子里出现了即将发生在我身上的事情？"聂剑问道。

孙也夫点了点头："那个预感是在今天晚上出现的。"他说，晚上十点，他在家里看聂剑主持的访谈节目。盯着电视中的聂剑，他的脑子里突然出现了一幅画面：聂剑急匆匆地从一个窝棚里跑出来，将迎面走来的乞丐撞倒在地。他意识到，这可能是关于聂剑的一个预感，就赶紧把注意力都集中在电视里聂剑的面孔上。没想到，脑子里又出现了一幅令他惊恐不已的画面……

"我看到你浑身是血趴在地上，双手无力地垂了下来，慢慢地闭上了眼睛，然后……"沉默了片刻，孙也夫说道，"然后死了！"

"这么说，我是被人杀死的了，你看到凶手了吗？"聂剑像是抓住了救命的稻草。

孙也夫遗憾地摇了摇头："不，我没有看到。"

聂剑急切地问道："那有什么办法能让我改一改运，让我避开……"

"你把我当成是那些骗钱的算命匠了？"孙也夫腾地站了起来，转身要往外走，"我预感到的事情，即使你预先知道了也无法避开。就像你撞倒乞丐那件事，虽然你事先知道了，一心想避开，可还是阴差阳错地发生了。"

"这么说，我是死定了？"聂剑顿时瘫坐在了椅子里。

见聂剑失魂落魄，孙也夫有些不忍。他说，他也希望让聂剑知道后能想办法避开，所以才赶去电视台通知聂剑，但门卫不让他进去，他这才写了一张纸条塞进聂剑的车里，然后给聂剑发了短信。

说到这里，孙也夫叹了口气："我只能预感到未来24小时内的事情，要是到了明天晚上十点你还没有出事，就说明我的预感是错的，但愿如此。不过，现在距离明天晚上十点不到二十个小时了。我建议你抓紧时间，看看有哪些事情是必须要做的，好好安排一下。"说完，他打开门走了出去。

三、11月14日清晨09：15

聂剑睁开眼睛的时候，天已经亮了，他起床打开了电视。

昨晚离开茶楼后，聂剑并没有回郊外的别墅，他决定到酒店开个房间躲起来，度过剩下的二十个小时。说实话，他并不是真的相信孙也夫的预言。不过，宁可信其有，不可信其无，只要自己躲着，什么人都不见，就没有被杀死的危险了。于是，聂剑开车来到了市郊的度假村。虽然这里住客稀少，为了避免被别人认出，聂剑还是戴上了棒球帽和墨镜，而且用了一个假名字登记。

进了房间，聂剑马上给自己的经纪人和电视台分别打了电话。本来这天上午和下午他各有一个代言活动，晚上电视台还有直播节目，但为了在二十小时内不接触任何人，他就找借口推掉了这两个代言活动，并向电视台请假。他也知道这不妥当，因为代言活动的主办方早已联系好媒体，而电视台的直播节目更不可能改期，但是，这一切跟自己的生命比起来算得了什么？

不出所料，当聂剑分别告诉经纪人和电视台台长自己无法参加代言活动和节目录制时，对方都以为他疯了，并告诫他毁约的严重后果，但聂剑迅速挂断了电话，并将手机关了机。

躺在床上，聂剑反复地想：如果孙也夫的预言是真的，那要杀他的到底是谁呢？

这时候，电视里播放那两个代言活动紧急取消的新闻，里面没有提到具体原因，但聂剑知道，自己的经纪人和电视台台长现在一定像热锅上的蚂蚁，一边破口大骂，一边四处寻找自己。

突然，电视上插播了一条紧急新闻：半小时前，锦阳花园发生了火灾。大火是从一间公寓的厨房里燃起的，并迅速蔓延到相邻的住宅。

"锦阳花园?"聂剑吃了一惊，那不是自己住过的小区吗？不知道自己的房子有没有着火，还有那个人……

聂剑拿起了手机，正想拨号，又停了下来：不行，只要打电话出去，自己的行踪就可能被别人发现，到时候，自己再想藏在这里怕是不行了。而且，这会不会正是想杀自己的人故意引自己现身的诡计呢？

他想了想，就在房间里打电话到服务台，让服务员帮忙打听一下。很快，服务台打来电话，说锦阳花园火灾的火势不大，消防队又及时赶到了，已经灭了大火，而且没有人员伤亡。

聂剑舒了一口气，这才想起还没有吃早餐，肚子早就饿了，就赶紧让服务台给他送一份早餐。

过了二十分钟，门铃响了。聂剑走到门前，从猫眼里往外一看，只见一个女服务员端着面包和果汁，正低着头站在门口。

"把东西放在门外，我自己来取。"聂剑对着门外说道。

见服务员离开了，聂剑这才小心翼翼地打开房门，把早餐端了进来。因为太饿了，他很快将面包和果汁消灭得干干净净。

吃过早餐后，聂剑觉得有些疲倦，就关掉电视躺到了床上，很快又睡着了。

四、11 月 14 日上午 10：30

睡梦中，聂剑依稀听到了哭泣声，这声音既熟悉又有点陌生。他想睁开眼睛，却觉得全身酸软无力。就在这时，几滴冰凉的水珠滴到了他的脸上。他一惊，醒了过来，只见床前有一个女子在低头抹着眼泪。

聂剑有些糊涂了：自己不是躺在度假村房间的床上吗？眼前这个穿着服务员制服的女子是谁，她为什么哭泣呢？

这时候，那女子抬起头来，聂剑惊得差点叫出声来：姜琳！

姜琳是聂剑的前妻。当然，很少人知道聂剑曾结过婚。那是在聂剑还没有出名的时候，他和姜琳就住在锦阳花园的公寓里。后来，聂剑的名气越来越大，情人也越来越多，终于被姜琳撞见了他和情人幽会，两人平静地分了手。为了表示自己的歉意，聂剑把锦阳花园的房子给了姜琳，两人从此再也没有见面。不久前，姜琳突然给聂剑打了几次电话，说很想见见他。聂剑认为姜琳一定是想和自己复合，但他已习惯了每天带不同的女人回家，不愿重新受到家庭的约束，就托人带了一些钱给姜琳，却被退了回来，而姜琳也再没有给他打电话。今天姜琳怎么找到这里来了，她又想干什么呢？

聂剑想强撑着坐起来，却觉得身子软软的，使不上劲。

"别动，我来扶你。"姜琳把聂剑扶起来靠在床边说，"你别乱动，我给你吃了点药，你暂时动不了。"

望着姜琳身上的衣服，聂剑突然明白过来：早上送早餐来的服务员正是姜琳！因为隔着猫眼，再加上她一直低着头，自己竟没有看出来。看来，她早就在果汁里下了药，怪不得自己吃过早餐很快就睡着了！

"你、你想干什么？"聂剑有些恐惧。

姜琳摇了摇头，直愣愣地盯着聂剑，盯得他心里发毛。她说："你一定很奇怪我为什么会在这里。"

聂剑点了点头：我今天的行踪没有告诉任何人，姜琳为什么能找到自己呢？

"其实，你到这里来，是我的安排！"姜琳冷冷地说，"就连那个孙也夫也是我安排的。我要避开所有人，把你单独引到这里来。"

姜琳告诉聂剑，她先让"算命师"孙也夫给聂剑留下了纸条，再发短信引聂剑上钩。她知道，只要聂剑相信了孙也夫的话，就一定会躲到一个别人很难找到的地方。因此，她跟踪聂剑的车子，来

到了度假村，并顺利询问到他所住的房间。

"不可能，那孙也夫真的能预测未来！乞丐被撞倒的那件事，我已经很小心地躲避，可还是撞上了，这怎么可能是你安排的呢？"聂剑难以置信。

"很简单，"姜琳解释道，"纸条上说你会撞倒乞丐，每个人的潜意识里都会认为是开车撞倒的，而忘记自己的身体也能将乞丐撞倒，这是一个盲点。我早料到，你为了避免撞上乞丐，会在立交桥前停车去找那个乞丐。因此，我让那个乞丐离开他的窝棚躲起来，等你出窝棚时再故意被你撞倒。为了演这出戏，我给了那个乞丐二十块钱。后面的事情就不用多说了，你看，我不是跟你单独相处了吗？"她意味深长地微微一笑，让聂剑有种不祥的预感。

五、11 月 14 日上午 11：02

果然，姜琳后面的一句话让聂剑冒出了冷汗："虽然这一切都是我的安排，但孙也夫预言的一切也会很快发生，而且就在这个房间里！"说完，她从提包里掏出了一个注射器。

"小琳，你可别干傻事，万事好商量！"看着姜琳把白色的注射液吸进了注射器里，聂剑不由得高声叫道。

姜琳没有答话。她微微一笑，走到聂剑跟前，抬起了他的手臂，一针扎了下去。

姜琳是护士专业毕业的，这一针扎得非常准确。她迅速将注射器里整管的药水推进了聂剑的静脉。

聂剑一边竭力挣扎，一边向姜琳解释："小琳，我知道对不起你，可一日夫妻百日恩，你别……"渐渐地，他感到注射进体内的药水已经起了作用，他的力气越来越小，说话的声音也越来越小。就在这时，他看到姜琳竟从提包里掏出了一把手术刀！

姜琳要报复，要杀了自己！孙也夫的预感也没错，自己真的会在24小时内死去！不，这根本不是预感，而是姜琳精心设计的圈套！她先让自己在众人面前失踪，再神不知鬼不觉地杀死自己。如果自己因为相信孙也夫，留下了遗言或者准备好后事，别人就会认为自己是自杀的了！姜琳怎么会变得如此毒辣啊？

聂剑想叫，却叫不出声来，只得眼睁睁地看着姜琳用棉签擦拭手术刀。

突然，姜琳长叹一声，幽幽地说道："你知道，我给你打了好几次电话要见你，可你却以为我跟别的女人一样，只是贪图你的钱。"她的脸上已挂满了泪水，"我是真的想跟你待一会儿，因为……因为属于我的时间已经不多了，我……我只想在临死之前跟你在一起……"

什么？姜琳的时间不多了？难道……聂剑似乎明白了什么。

"那天，看到你主持的《生命最后24小时最想做的事情》，我就对电视里的你说：我最后的24小时只想跟你在一起，躺在你的怀里。"姜琳抹了抹眼泪，"但是，如果我直接告诉你，我患上了癌症，马上就会死去，你会不会以为我在骗取你的同情呢？毕竟我们已经离婚了。"

姜琳说，自尊心让她无法把真相告诉聂剑，于是，她定下了计策，让孙也夫去告诉聂剑，他只有24小时可活了。她希望聂剑也跟她一样，在意识到自己即将死去的时候，会想和她在一起，可没想到，她却一直没有等来聂剑的电话。为了提醒聂剑，她甚至在当初两人居住的锦阳花园公寓房里制造了一场小火灾，想让聂剑看到新闻后给自己打电话，但她的希望又落空了。因此，她带着安眠药和麻醉剂来到了度假村，假扮服务员，在聂剑的早餐里下了药，然后摸进房里来。

"病痛折磨得我无法坚持下去了，我早就打算结束自己的生命，

可是，我不甘心孤独地死去。在这最后的几个小时里，我只想跟你在一起！"说着，姜琳举起手术刀往自己的手腕上割去！

"不要啊！"聂剑无声地呼喊。他想扑上去抱住姜琳，却无法动弹，只得眼睁睁地看着鲜血从姜琳的手腕处喷涌而出，溅到了他的身上。

此时，姜琳却凄婉地微笑着，慢慢地躺在他的怀里，喃喃地说道："我真的好想你陪我。"说完就慢慢地闭上了眼睛。

姜琳，是我错了，你可不能就这么死了！聂剑拼尽全力，想克服麻醉剂的作用，让自己站起来，把姜琳送到医院去，可他的意识却越来越不清醒。他刚挣扎着起来，又摔倒在了地上。

这时候，聂剑发现，正和孙也夫"预感"的一样：自己浑身是血趴在地上，双手无力地垂了下来，慢慢地闭上了眼睛……

六、11月14日晚上20：25

再次醒过来后，聂剑发现自己躺在医院里，虽然还是全身酸软，可手脚已经能动弹了。他抬头一看，病房里一个人都没有。他挣扎着刚想坐起来，一个护士跑进病房，把他按住了。

"我怎么会在这里？跟我一起的那个女人呢？"聂剑大声问道。

护士说，因为聂剑在订房间时告诉过服务台，不准任何人去打搅他，所以直到傍晚六点服务员上去询问他是否续订房间时，才发现房间里出了大事。此时，姜琳失血过多，已经去世了。

度假村的医护人员把聂剑送进了医院。经诊断，他只是被注射了麻醉剂，并无大碍，这才通知了他所在的电视台和经纪人。

姜琳真的死了？！聂剑的脑子里一片空白，过了许久，他问护士："你说已经通知了电视台和我的经纪人，可为什么到现在还没有人来呢？"

护士摇了摇头道："我也不知道。你的身体已经没有什么问题了，还是休息一下吧。"说着，护士顺手打开了病房中的电视，然后走了出去。

电视里正在播放广告，再过几分钟就是聂剑的访谈节目了。他想：今天自己没有去主持节目，不知道电视台会找谁来代替他呢？

他正想着，广告结束了，电视屏幕上现出了栏目标题《聂剑访谈》。如果是以前，后面应该是一身西装的聂剑，可今天的节目自然没有他这个主持人。奇怪的是，也没有其他主持人出现。在漆黑的屏幕上，突然打出了一行字："关于生命中的最后24小时，我们曾经做过一次访谈。面对电视镜头，我们不知道哪些说法是真诚的，哪些说法是虚伪的，但今天，我们终于有机会看到一个人面对生命中最后24小时的真实反应……"接着，电视里出现了一组画面：只见一个男子走进了茶楼的包间，接着一个身穿长衫的中年男子站起来，说："我叫孙也夫，是靠相命卜卦为生的闲人……"虽然是偷拍的镜头，有些模糊，但聂剑还是认出来了，这正是自己到绿波茶楼和孙也夫见面的情形。任何人都能一眼认出，电视上的那个人就是自己！

孙也夫偷拍了自己和他见面的过程，他要做什么呢？

没等聂剑想明白，电视上又出现了姜琳假冒服务员送早餐，然后摸进房间里给聂剑注射麻醉剂直至最后自杀的过程！

聂剑不知道电视上还要播放些什么，此时他的脑子里又是一片空白……不知道过了多久，他突然清醒过来，拨通了电视台台长的电话，质问他为什么要播放这样一个节目。

"我为什么要播？"台长冷冷地答道，"你应该知道，电视节目的播出时间是固定的，这个时间段就该播你的《聂剑访谈》。既然你不来主持，我自然要找节目填上去。刚好有人送来了这样一个用手机偷拍的片子，又跟你有关，不是正好放在节目里吗？"

"可是你也不该……"聂剑还想争辩。

"对了，《聂剑访谈》今晚是最后一期，以后你也不用再来电视

台上班了。"台长"啪"的一声挂断了电话。

电视台怎么能这样对我呢？聂剑越想越气，又拨通了经纪人的电话。可没等他开口，经纪人就告诉他，由他代言的几个品牌的厂商刚刚打来电话，解除了和他签订的代言合同。原先打算请他去做节目的几个电视台也都让他不用去了。

"一个人在临死前怎么会既想不到自己年老的父母，又想不到病重的前妻，甚至眼看房子着火，都不打电话去问一问，却只知道想方设法保命呢？我们为你辛辛苦苦塑造起来的形象算是全毁了。今后，估计你也无法再在娱乐圈里混了。所以，我这个经纪人你也不需要了……"经纪人一口气把话说完，就挂断了电话。

手机"啪"的一声掉在了地上，聂剑不知道自己是怎么走下床来的，他摇摇晃晃地向外面走去。他看到在医院的走廊上，有许多人在对着他指指点点，不停地议论着。

聂剑的脑子里一片模糊，可他很清楚，自己什么都没有了，一下子又像以前一样一无所有。不，以前自己至少还有姜琳，但现在，连姜琳也没有了。

不知道过了多久，聂剑走上了医院的楼顶。他静静地坐了几分钟后，纵身往楼下跳去。就在快落地的瞬间，他仿佛又听到了姜琳的声音："我真的好想你陪我。"

就在聂剑跳楼的同时，在医院的停尸间里，孙也夫正对着姜琳的尸体喃喃说道："小琳，别怪我偷拍了你自杀的过程还交给电视台，我只是想让那个寡情薄义的人受到惩罚。当初你选择了他而不选择我，我不怪你，可他不珍惜你，我必须让他付出代价……"

随着"嘭"的一声巨响，聂剑的身体摔到了地上。他浑身是血趴在地上，似乎还想竭力挣扎，可双手却无力地垂了下来，慢慢地闭上了眼睛……

此时正好是11月14日晚22：00。

神秘的童谣

大虾子病了，二虾子瞧，三虾子买药，四虾子熬，五虾子死了，六虾子哀，六虾子坐在地上哭起来，七虾子问他为什么哭？六虾子说，五虾子一去不回来！

一、隐形墓碑

这首童谣是民俗学家司马子鉴从岳家村回城的路上听到的。

那天，他们的车刚经过一个山道，突然发现前面发生了滑坡，从山上冲下的泥土和石头把公路截断了。山路狭窄，掉头回去，也不可能，看来只有堵在这里，等待清障的工程人员疏通了公路才能回去了。

司马子鉴和杨乐乐在车上闷得心慌，便下了车，走到路边透透风。

这是一条盘曲的山路。路边有几个五六岁的小孩正在玩耍，他们一边玩，一边嘴里唱着这首童谣。

司马子鉴听到这首童谣，突然来了兴趣。他想起自己正在收集各地的童谣，准备编一本童谣集，便让杨乐乐去车上拿来录音笔，将童谣录了下来。

"这真是一首奇怪的童谣，"听着童谣，司马子鉴的眉头慢慢皱起来，他转身问杨乐乐："为什么生病的是大虾子，却是五虾子死

了呢？这似乎不太符合逻辑啊。"

见司马子鉴一脸认真，杨乐乐差点笑起来："我小时候还唱过'小老鼠上灯台'呢，难道小老鼠真的会叫奶奶？这不过是小孩子们用来练习数数的童谣罢了。"

司马子鉴摇了摇头，并不同意杨乐乐的看法："我了解中国的文化。很多童谣看起来平淡无奇，其实都有来历，至少跟当地的民风民俗有一定的关系。"

司马子鉴从几个小孩那里得知，这里距离一个叫槐树村的村子不远。他决定和杨乐乐去村子里看看，希望找到一些有趣的东西。见有客人要去村里，几个小孩叫喊着往村里跑去。

车沿着山路，拐了一个弯，便看到一个村子。这个村子有几十户人家，房屋全都散落在附近的山坡上。听说来了外人，许多村民都围了过来。司马子鉴便向他们询问起这首童谣。

很快，他发现，这里很多年轻人小时候都唱过这首童谣。可是年龄大一些的人小时候却没有听说过这首童谣，而且也不知道这首童谣是从哪里传来的，只是觉得似乎在突然之间，很多孩子都会唱了。从时间上推算，这首童谣在本地只有三十来年的历史。在如此封闭的村子里，当时的孩子们是从哪里学来的呢？

司马子鉴打开电脑搜索，发现其他地方并没有关于这首童谣的记载。这首童谣像是从天上掉到槐树村来的！

司马子鉴正在琢磨，这时候，有人叫道："村主任来了！"司马子鉴转身一看，来的是一个四十岁左右的汉子。村主任得知司马子鉴是调查民俗的专家后，非常高兴，一再邀请他们在村子里多住几天。这时传来消息，公路一时还无法修通。司马子鉴就决定暂时留在村子里，等路修通了再回城。

在村主任家吃过晚饭，村主任安排司马子鉴和杨乐乐在两间空房住下。

整理好床铺，司马子鉴来到杨乐乐的房间，让她根据录音将童谣记录到文档中。杨乐乐刚输入完，司马子鉴突然"啊"的一声大叫起来！杨乐乐吓了一跳，忙问道："怎么了？"此时司马子鉴不知道是因为惊恐还是兴奋，脸色一下变得通红。他指着电脑上杨乐乐刚刚输入的童谣，颤声问道："你看，这首童谣现在像什么？"杨乐乐朝屏幕看去，只见文档上的那首童谣每句一行，居中对齐地排列着。

"像什么？"杨乐乐还是不明白。

"墓碑！"司马子鉴一边用手比划，一边解释，"这里是碑顶，这里是碑身，这里是墓碑的基座！"听司马子鉴这么一说，杨乐乐果然发现屏幕上那首童谣的外形的确像一座屹立在白纸上的墓碑！

此时，司马子鉴眼睛一亮，又发现了什么："你看，在这座'墓碑'上，最中间的部分正好是'五虾子死了'这句，说明……"没等司马子鉴说完，杨乐乐接过话道："说明这个'墓碑'是为童谣中死去的这个'五虾子'立的！"

"对！"司马子鉴赞许地点点头，"墓碑的作用就是告诉别人这里埋藏的是谁，而这首童谣其实就是'五虾子'的墓碑！要揭开这首童谣的秘密，关键就要知道童谣里那个死去的'五虾子'是谁！"

杨乐乐不禁打了一个寒颤，山村寂静的夜晚突然变得有些阴森和恐怖。杨乐乐再也不敢一个人睡了，说什么也要司马子鉴陪她。司马子鉴只好在杨乐乐的房间和衣坐到天亮。

第二天一早，司马子鉴用铅笔将童谣排列显示出的"墓碑"外形勾画下来，拿去找村主任。没想到村主任告诉他，村里的山民死了后很少用墓碑的。他怕司马子鉴不相信，还找来两个村民陪着司马子鉴到山上找了一圈，果然没有发现一个墓碑。

这让司马子鉴对自己昨晚的推测产生了怀疑：难道真是自己大惊小怪，这不过是一首普通的童谣？

二、死就死吧

司马子鉴回到村里，杨乐乐正和网友聊天。她见司马子鉴站在身后看着自己，立即打了个"886"下了线。司马子鉴脑袋里突然像一道闪电划过，他一把夺过电脑，飞快地敲下了一串数字。

杨乐乐吓了一跳，伸过头，见司马子鉴在电脑上写下的是：5、4、5、4、5、4、10、9、4、8。

"这是什么意思？"杨乐乐问道。

"字数，每一行的字数！"司马子鉴指着电脑说，"你看，这首童谣每一行的字数连起来就是这串数字！"

杨乐乐数了数童谣里每一行的字数，果然和司马子鉴写下的那串数字吻合。不过，她依然不明白："可这又说明什么呢？"

"谐音！"司马子鉴因为激动，呼吸都有些急促了，"'5'就是'我'，'4'就是'死'，这串数字连起来就是……"没等他的话说完，杨乐乐一下子明白了，脱口而出："我死，我死，我死，死就死吧！"

杨乐乐的话音一落，屋子里一下变得死一般寂静。司马子鉴发现杨乐乐已一脸惊恐，而他也感觉一股冷汗从脊背冒了出来！

片刻后，司马子鉴打破沉默，低声分析说："从这句话看，童谣的作者就是这个死了的'五虾子'，而且他知道自己会死，所以才说'死就死吧'！"

司马子鉴的话提醒了杨乐乐，她接着说道："这也就可以解释，为什么我们找不到死者的墓碑。因为死者料定自己死后不会有墓碑，才编了这首童谣来给自己立一个墓碑！"

"对！"司马子鉴点点头，"他不但没有墓碑，说不定连坟墓也没有。而且，他很可能已经猜到，自己死亡的真相也会被掩埋，所以才写下这首童谣，告诉我们一些他不愿被人知道的秘密！"

这首童谣里竟隐藏着一个秘密？杨乐乐觉得不可思议，但司马子鉴的分析似乎也有道理。"可是，这山里的村民，别说将一个秘密藏在童谣里，恐怕就连最普通的童谣，他们也编不出来吧？"杨乐乐问道。

司马子鉴微微点了点头，这也是他一直想不通的地方。他又轻声将童谣读了几遍，然后望着窗外沉思。

不知道过了多久，司马子鉴突然站起身来，跑到屋外，向院子里玩耍的几个小孩问道："小朋友，你们这里的河在什么地方？"领头的小孩答道："叔叔，我们这里没有河，水都是从水井里挑的。"孩子的话刚讲完，司马子鉴立即转身回到屋里，一脸兴奋地说："虾子！虾子！这首童谣里的'虾子'有问题！"

"什么问题？"杨乐乐起身问道。

司马子鉴端起一杯水，一饮而尽，这才解释道："这里没有河，自然就没有'虾子'。可童谣里怎么会出现这种大家都没见到过的东西呢？他们应该编老虎、编狐狸、编兔子啊，就算编狗、编猫也不会编一个'虾子'啊！这说明'虾子'这个词一定是有深意的！"

听司马子鉴这么一说，杨乐乐也连连点头："对！儿歌、童谣里还真的没有见过有唱虾子的。我就说这童谣怎么这么别扭，原来问题是在这里！"

"可'虾子'是什么意思呢？"杨乐乐想不通。

司马子鉴似乎早已想到了，他拿起铅笔，在桌上的白纸上写下了四个大字"下乡知青"，接着又分别在"下"字和"知"字上各画了一个圈，然后才说道："'虾子'是'下'和'知'的谐音，会不会是指'下乡知青'呢？"

杨乐乐一下醒悟过来，如果这首童谣是下乡知青写的，问题便迎刃而解了。知青有文化，能编出这样的童谣不足为奇；而童谣出

现在三十多年前，那时也正好是知青们下乡的年代。而这童谣里隐藏的秘密很可能就是关于七个知青的故事！

俩人觉得一下子接近了童谣的谜底。

司马子鉴很快找到村主任。村主任证实，三十多年前，村里确实来过知青，不过，却不是司马子鉴猜测的七个，而是只有六个。

村主任的回答让司马子鉴有些失望，怎么会是六个呢？这首童谣里说了七只"虾子"，如果自己的推理是正确的，应该有七个知青才对啊！

村主任见司马子鉴对自己的回答有怀疑，便说道："知青下乡那会儿的生产队长可能更了解情况，我让他给你们说说吧。"

不一会儿，村主任便领来了一个六十来岁的老头。村主任介绍说，这就是三十年前槐树村的生产队长朱大江。司马子鉴说明自己询问知青人数的原因后，朱大江沉思半晌，肯定地告诉大家，村主任说得没错，当初本村的确就只有四男两女，一共六个知青。

"这些知青现在都回城了吗？"司马子鉴仍然不死心。

"只有三个回了城。"没等朱大江回答，村主任已经回答了。

司马子鉴很奇怪："那还有三个人呢？"村主任扳着指头答道："剩下的三个人中，有两个留在村里安了家，还有一个……"说到这里，村主任看了看朱大江，然后长叹一声，"还有一个……叫吴建伟，他、他在知青回城以前盗窃了生产队的物资，跑掉了。也许是自己溜回了城，也许是跑到了别的地方，总之再没有他的消息。当年，老队长还因为他的事情受了处分……"

"别说了！"朱大江一声叹息，打断了村主任，"那些陈芝麻烂谷子的事，还提它干吗！"说罢，便闷头抽起烟来。

听说还有两个知青留在了这里，司马子鉴就打算去拜访他们。

三、童谣杀人

村主任说，留下来的两个知青一个叫陈海，一个叫刘东。都是因为和本村的姑娘结了婚，便没有回城，在这里安家住了下来。两个人中，陈海家在山腰，距离这里最近，可以先去找他。

跟着村主任，司马子鉴俩人很快来到了山腰的陈海家。敲开房门，陈海的家人告诉村长，陈海每天下午都会到前山的石崖子采草药，估计现在也在那里。

村主任带着他们又折回去，朝前山的石崖子走去。

石崖子是一个几十米高的悬崖。到了石崖子，村主任四处一望，却没见陈海的身影。他又扯着嗓子高声叫了一阵，仍然没有人答应。大家正准备回去，司马子鉴突然在草丛里发现了一根绳索。这根绳索的一头绑在山崖上的一棵大树上，一头朝山崖下边垂去。

"陈海一定是在下面！"村主任脱掉外衣，对司马子鉴说："我下去看看吧！"说着，他拽了拽绳索，重新将它系紧，然后拽着绳索往山崖下滑去。看着村主任滑了下去，司马子鉴有些不放心，也跟着攀下山崖。

司马子鉴的脚还没有落地，便听到村主任叫起来："坏了！陈海摔着了！"司马子鉴往下一望，只见身体下方的崖底，一个五十来岁的老汉正仰面躺在攀山绳下方的一块大石头上，村主任正扶着他大声叫唤。

司马子鉴手一松，赶紧滑到崖底，几步奔了过去。

石头上的老汉头已经摔破了，血流了一大摊，早已没气了。他的双手紧紧握成拳头，似乎还在抓着绳子。他的后背还背着个背篓，但已经被压扁了，里面的草药倒了一地。看上去，他是在往上爬的途中，突然摔下去的。

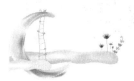

村主任哭了一阵，告诉司马子鉴，这就是他们要找的陈海。

"这陈老头，采了几十年的草药，竟然栽在了这石崖上。"攀到山崖上后，村主任告诉司马子鉴，自己要回去通知陈海的家属来收尸。他问道："你们是自己去找刘东，还是在这里等我去叫了人来，再陪你们……"一听要留在这里，杨乐乐就跳了起来："我们还是自己去找吧！"

司马子鉴知道杨乐乐是怕这里刚死了人，他笑了笑，对村主任说："你先忙你的，不用陪我们。只要告诉我们刘东家的位置，我们自己去找他。"

村主任告诉他们，刘东没有孩子，妻子前几年又患病过世了。刘东的腿脚不方便，很少出门。村里照顾他，安排他看果林，他家就在果林旁边。说着，村主任往不远处一个山头的果岭指了指。司马子鉴发现那个果岭看上去并不远，而且路也好走，便记下路线，带杨乐乐朝果岭走去。

山里的路，看着近，走着远。杨乐乐没一会儿就叫嚷走不动了，司马子鉴只好停下来。

司马子鉴刚刚坐到路边的石头上，杨乐乐突然大叫起来："着火了！果岭着火了！"

司马子鉴抬头一看，只见远处的果岭果然冒起了一股浓烟，真的着火了！他顾不上杨乐乐了，站起来就朝果岭跑去。

当他气喘吁吁地跑到果岭时，司马子鉴发现着火的正是果岭上那所守林人的小屋！刘东的腿脚不方便，说不定现在还在里面！此时，大火已经蹿上了房顶，房梁似乎已经被烧断，房顶上的瓦片正劈劈啪啪地往下掉。

就在这时，屋子里传来一阵呻吟声。"不好！刘东还在里面！"

屋前有口水井，司马子鉴打起一桶水，往身上一浇，低头便往着火的屋子里奔去！

门从外面被扣上了，司马子鉴一脚把门踹开，冲了进去。屋子里浓烟弥漫，但司马子鉴一眼就看到有个男人倒在地上，一动不动。他不敢怠慢，连忙扑上去，忍住呛人的浓烟，把人往背上一背，冲了出来。

这时候，杨乐乐已经赶上来了。司马子鉴把人放在地上，杨乐乐连忙用地上的破碗盛来井水，喂那男子喝下。

这是一个五十来岁的男子，左腿膝盖以下被截肢了。难道他就是刘东？只见瘸腿男子双目紧闭，头发已经被烧掉了大半，额头满是血，似乎是被落下的瓦片砸昏的。

冰凉的井水灌下去没多久，瘸腿男子的眼睛微微睁开了一些。看到他的嘴唇不停地哆嗦，司马子鉴知道他要说话，就俯身上前，问道："火是怎么烧起来的？"

瘸腿男子没有回答，嘴唇又哆嗦了几下，断断续续地念道："大虾子病了，二虾子瞧，三……三虾子买药，四虾子……熬，五虾子死了，死了……"一首童谣没念完，瘸腿男子脑袋一歪，闭上了眼睛。

四、神秘妇人

没过多久，村主任就带着村民拿着水桶、脸盆，叫喊着赶了过来。

原来，屋子一起烟，村里就有人看到了。只是离这里太远，赶到时，大火已经将屋子烧塌了。

村主任证实了司马子鉴的猜测，这个被烧死的瘸腿男子就是刘东！可他的房子为什么会突然着火？而且房门还从外面被扣上了，难道是有人放火吗？

村主任指挥村民们清理被烧毁的房屋，希望能发现些线索。

为了避免引起恐慌，司马子鉴没有提到刘东临死前念那首童谣的事，他隐隐觉得这场大火以及陈海的死都和那首神秘的童谣有关。他一直回忆这一天里发生的事情，一切都太巧了，自己正要找陈海了解童谣的情况，陈海就摔死了；正要找刘东，刘东又死了。他们不像是死于意外，可如果是有人要杀他们，会是谁呢？要了解俩人的事情，只有村主任知道。可村主任一直和自己在一起，没有作案的时间。

但司马子鉴觉得有一点可以肯定，那就是当年的几个知青之间一定发生过什么事情，而这一切都隐藏在那首神秘的童谣里。

因为村里一下子有两个人过世，村主任临时决定将两个老知青的葬礼合在一起举行，让人立即回村里去，把两人的灵堂搭在村委会。

这边，大家正要抬着刘东的尸体回村，就见一个五十来岁的中年女子气喘吁吁地跑上岭来。那女子衣着讲究，气质高贵，一看就不是村里的人。女子跑到刘东的尸体跟前，抹着眼泪哭道："刘东哥，你们两个咋一下都走了呢……"

村主任显然也不认识这个忽然冒出来的女子。他正要询问，旁边一个上了年纪的妇女已经叫出来："这不是当年的知青妹妹沈菲吗？模样可一点没变啊！"那女子抹了抹眼泪，点点头说："三嫂，是我啊。"

司马子鉴一下明白了，原来这个沈菲就是当年两个女知青中的一个。司马子鉴暗自欣喜，原以为陈海和刘东的死让自己无法了解当年的情况，没想到，正好来了一个沈菲。也许，她能为自己揭开童谣的秘密。可是，回城几十年的她怎么又会突然出现呢？

就在这时，沈菲像是想起了什么，急匆匆地站起来，问道："你们看见潘大军了吗？"

"潘、潘大军？他也来了？"刚才那个妇女问道。

　　沈菲的表情一下变得羞涩起来，低声解释道："我和潘大军回城后两年就结婚了，他不是进村来了吗？"

　　从沈菲的话里，司马子鉴听出，原来潘大军也是当年的知青。因为同在一起插过队，回城后，沈菲就和他结成了夫妻。这次，俩人一起出来旅游，早上经过这里时，正好遇到前面发生了泥石流滑坡，阻断了公路。沈菲记得这里离自己插过队的槐树村不远，就让潘大军去找找路，看能不能去槐树村看望老朋友们。可潘大军出来好几个钟头了，却一直不见回去。打他的手机，也没有人接。沈菲有点担心，只得将车子锁好，循着记忆往山里走。没想到，一进村，便听说陈海和刘东死了，这才赶上果岭来了。

　　听大家都说没见到潘大军，沈菲嘀咕道："几十年没有回来了，老潘该不是迷路了吧？"

　　司马子鉴听说沈菲的丈夫居然也是当年的知青之一，眼睛一亮，拦住了沈菲，说："沈女士，你别急，我能问你几个问题吗？"

　　沈菲虽然觉得这个人有些奇怪，但还是礼貌地停下来，问道："有什么事情吗？"

　　司马子鉴拿出录音笔，把录下的童谣播放了一遍，问她是否知道这首童谣。沈菲仔细想了想，说从来没有听过这首童谣，也不知道它的来历。不过，她也觉得这首童谣有些怪异。

　　司马子鉴告诉她，这首童谣很可能是当年某个知青编的，所以想请她讲讲当年的事情。

五、陈年往事

　　村民们抬着刘东的尸体往村委会走去。沈菲一边跟在大家后面慢慢走，一边回忆起三十年前的事来。她告诉司马子鉴，当年他们的确有六个知青在这里插队，其中她的丈夫潘大军年龄最大，陈海

年龄排第二，刘东排在陈海后面，而她和另一个女知青的年龄最小。

听到这里，司马子鉴掏出笔记本飞快地写下沈菲提到的几个名字，又盯着沈菲问道："当年是不是有一个知青失踪了？"司马子鉴发现沈菲的脸上突然跳过一丝不易觉察的触动，她沉默了片刻才轻声答道："他叫吴建伟，是六个人中的老四，只比我大一点点。"说到这里，沈菲眼望前方，叹了口气，说："他平时人挺好的，可谁也没料到，他竟然……"

"他偷了生产队物资后就失踪了？"司马子鉴问道。

沈菲点了点头："这么多年，他的消息一点儿都没有。大家都说他一定是在逃跑的时候，摔下山崖摔死了。加上他的父母死在了牛棚里，没有一个亲人，自然没有人过问他到底去了哪里，那年头失踪的人也不少，谁又管得过来……"

司马子鉴见她说到吴建伟时，神情越发幽怨，就隐隐猜到了他们之间的关系。"你当时在和吴建伟谈恋爱吧？"

沈菲被司马子鉴的提问吓了一跳，随即低下头，默默地点了点，过了许久才轻声说道："吴建伟性格内向，爱好文学，还非常照顾我……"沈菲像是自言自语，沉浸在对往事的回忆之中。

沈菲的话让司马子鉴眼睛一亮，一下想到了什么。他打开笔记本上记着童谣的那页，分别在"大虾子"、"五虾子"和"六虾子"的后面写上"潘大军"、"吴建伟"和"沈菲"三个名字，又划了两条线，把陈海和"三虾子"连起来，刘东和"四虾子"连起来。

一直在旁边默不作声的杨乐乐意识到司马子鉴已经发现了重要线索，她轻轻拽了拽司马子鉴，悄声问道："这个沈菲就是童谣里的'六虾子'？她丈夫潘大军是'大虾子'？"

司马子鉴停下来，等沈菲走远，才肯定地点点头，解释道："潘大军年龄最大，自然是'大虾子'。而那个吴建伟，就是童谣中的'五虾子'。他出生在知识分子家庭，又爱好文学，编这样一首童谣应该是不成问题。更主要的是，在童谣里，'五虾子'死后，只有'六虾子'为他悲哀哭泣，这'六虾子'自然就是吴建伟的恋人——沈菲！"

"可是，沈菲不是说他们知青一共只有六个人，而且吴建伟从年龄上不是老四吗？怎么会是'五虾子'呢？"杨乐乐虽然觉得司马子鉴的推测有一定道理，但还是想不明白。

司马子鉴的眉头皱了皱，答道："为什么童谣里会多一个'虾子'，我也猜不透。也许是因为吴建伟是利用自己姓氏的谐音，用'五虾子'暗示'姓吴的下乡知青'。"说到这里，司马子鉴的声音提高了，"而且，我敢肯定，童谣里第一句里面的'病'指的是'相思病'！"

杨乐乐惊讶得半天合不拢嘴。接着，在司马子鉴的讲述中，一个悲剧故事渐渐清晰起来。司马子鉴推测，当初吴建伟和沈菲悄悄谈恋爱，但潘大军也爱上了漂亮的沈菲，害上了相思病。潘大军要想得到沈菲，就必须想办法除掉吴建伟。而不知道什么原因，陈海和刘东充当了潘大军的帮凶，也就是童谣里面说的一个"买药"，一个"熬"，最后三人毒死了吴建伟，并且伪造成吴建伟盗窃生产队物资后潜逃的假象。在沈菲失去吴建伟后，潘大军自然乘虚而入，如愿以偿得到了沈菲。

"如果我的猜测正确，陈海和刘东都是当年吴建伟失踪事件的帮凶，今天他们两个的死……"

"是有人杀人灭口！"没等司马子鉴说完，杨乐乐已脱口而出，"潘大军的失踪和两个人的死不可能是巧合！"

此时，天已渐渐暗下来了。众人忙着在村委会搭灵堂，沈菲则在村子里四处寻找潘大军。村主任也叫来几个年轻的小伙子，打着火把一起帮忙寻找潘大军。

可直到天亮，找遍了整个山村，都没有发现潘大军的影子。司

马子鉴心里越来越不安，联想到陈海和刘东的离奇死亡，他向村主任建议尽快报警，让警方介入。这样不仅可以帮助寻找潘大军，还可以彻底查明陈海和刘东的死因。

村主任虽然认为司马子鉴的话有道理，但他觉得现在公路上发生了滑坡，路边又塞满了汽车，警察恐怕也不容易进来，因此，当务之急还是再组织村民到处找找。

司马子鉴累了一夜，早已支持不住，打算先去休息了。

六、又一条命

他正要躺下，村主任突然闯进来，告诉司马子鉴，他们竟忘记了一个地方还没有去找过。村主任说的地方是以前生产队的仓库，也就是三十年前，知青吴建伟盗窃生产队物资的那个仓库。因为年代太久，这个坐落在村旁树林里的仓库一直弃置，渐渐被村里人遗忘了。刚才是老队长朱大江提醒，村主任才想起还没有去那里看过。

村主任立即带着司马子鉴和沈菲等人赶到老仓库。那是个房顶都塌了大半的破房子，一看就知道已经废弃了许久。

仓库门没有上锁。村主任走到门前，推了推门，没想到门竟然像是从里面被抵住了。村主任把身子抵在门上使劲挤，好不容易才挤开一条缝。他正要往门里挤，突然一样东西挡在了他的面前。他抬头一看，"妈呀！"大叫一声，跌倒在地上。

大家跑上去，费力把门打开，这才发现，从里面将库门抵住的竟是一具悬挂在门框上的尸体！沈菲一见尸体，一声"大军"刚叫出口，便身子一晃，昏了过去。

司马子鉴知道这就是昨天失踪的潘大军无疑。此时，潘大军的脖子被一根旧麻绳吊在门框上，脚下不远处散落着几块红砖，身子早已僵硬了。看上去，他是用红砖垒在脚下，绳子挂在门框上，上吊自杀的。

移开尸体，司马子鉴走进仓库里，见就在潘大军上吊不远处的墙上，用红砖的砖屑歪歪斜斜地写着几行字。司马子鉴凑近一看，写的竟然就是那首奇怪的童谣："大虾子病了，二虾子瞧……"这首童谣看上去是刚刚写上的，难道是潘大军在上吊之前写的？

可这首童谣为什么会出现在这里呢？难道一切真如同自己猜测的那样，潘大军就是当年吴建伟失踪事件的真凶，他是为了灭口杀死了陈海和刘东？而他的自杀，是因为意识到这首童谣已经将自己的一切都暴露了，便只有一死了之？

见接二连三出命案，村主任不敢怠慢了，赶紧打电话报警。

因为公路未通，警察走山路来到槐树村。

在对潘大军的尸体进行查看后，警察认定是窒息而死。司马子鉴将自己关于童谣的分析报告了警察，警察随即向老生产队长朱大江了解当年的情况。据朱大江讲，当年确实听说过潘大军暗恋沈菲，吴建伟还为此和潘大军起过冲突。而且，更重要的是，当年吴建伟盗窃物资一案有很多可疑之处，但负责守生产队仓库的潘大军一口咬定就是吴建伟，现在看来，很可能是他利用自己的职务之便，陷害了吴建伟。

警察在询问沈菲时，也从沈菲那里得到了一个情况。据沈菲说，这三十年里，曾听到潘大军几次说梦话时，说到对不起吴建伟。等他醒过来，一问，潘大军又闪烁其词，不肯承认了。

警察对刘东家的火灾现场进行勘察，发现了人为纵火的痕迹。

综合所有情况，警察初步推断，刘东和陈海很可能是潘大军杀的。他这么做，是因为他塞车来到槐树村，偶然发现有人在调查那首神秘的童谣。这时，他这才意识到童谣里的秘密。为了避免陈海和刘东这两个帮凶说出当年的事情，他便杀了两人，然后畏罪自杀。

听着警察的推理，司马子鉴并没有揭开秘密的欣喜。他觉得，

警察对整个案子的推理中还有许多地方经不起推敲，但他又找不到理由反驳，似乎现在这是最合理的解释了。

警察离开后，沈菲早已哭得躺到了床上，司马子鉴便让杨乐乐去陪她。村主任见她无法料理潘大军的后事，便让朱大江去问问沈菲是否把潘大军的葬礼和其他两人的安排在一起。

朱大江走进沈菲住的屋子，安慰了她一阵，又将村主任的意思告诉了她，说自己一定会出面让村主任把三个老知青的葬礼安排好。沈菲正为丈夫的死心里又痛又乱，不知道如何是好，听老队长这么一说，激动地哭道："朱大哥，当年就你最照顾我们，我们六个知青都没有白认你做我们的大哥。今天也幸亏有你，才让他们入土为安……"

朱大江客气了几句，帮忙张罗葬礼去了。

七、真相不灭

傍晚的时候，葬礼正要开始，上午离开的警察突然又闯进村来。村主任刚迎上去，警察就告诉他说，他们今晚是来带一个杀人嫌疑犯回去调查的。

"杀人的潘大军不是已经自杀了吗？"村主任不明白。

"不，他也是被杀的。真正的凶手另有其人！"一直站在旁边的司马子鉴突然开腔。接着，他微笑着转向朱大江，问道："我说得对吗？朱队长，朱大哥！"

此时，朱大江脸色煞白，瘫坐在地上，许久才点了点头，缓缓地答道："是我，一切都是我干的！"

这到底是怎么回事呢？所有的村民都喧闹起来。

"大家别急，请听我说！"司马子鉴大声喊了一声，村民们终于安静下来。

司马子鉴告诉大家，他一直觉得潘大军的死有很多不合理的地方。比如他为什么要选择在废置的仓库里上吊？大家找了一夜都没有想到去那里找，说明老仓库很偏僻。这个地方用来杀人弃尸很合适，但自杀就没必要选择这样的地方。如果是为了忏悔，他何必要杀死陈海和刘东呢？再联想到当自己提出要报警时，突然有人想起老仓库这个地方，可见这个人是怕警察来查出真相，只好让大家赶紧找到潘大军的尸体，以潘大军杀了陈海和刘东、自己畏罪自杀的假象来掩盖一切。而想起老仓库的，正是老队长朱大江！

就凭这一点，也无法断定朱大江是真正的凶手。毕竟，他没有作案的动机。

可就在这时，司马子鉴发现了一个巨大的秘密。当朱大江去安慰沈菲时，司马子鉴正好去找杨乐乐，他在门外听到沈菲称朱大江为"朱大哥"，还说当年的知青都认朱大江这个生产队长为大哥，司马子鉴一下子什么都明白了。原来童谣中的"大虾子"并不是知青里年龄最大的潘大军，而是所有知青的"大哥"朱大江！这样一来，以前觉得童谣中多了一个人的问题便解决了——朱大江是老大，潘大军是老二，陈海是老三，刘东是老四，吴建伟是老五，沈菲是老六，还有一个女知青是老七！而根据童谣透露的信息来看，是朱大江暗恋上沈菲，而"二虾子瞧"，是说潘大军为朱大江出了一个主意，这个主意就是除掉吴建伟。当然，潘大军出这个主意的目的可能是别有用心，真实的目的是为自己打算；再因为朱大江是生产队长，利用权力让陈海和刘东也做了自己的帮凶。他们一同杀了吴建伟，然后陷害他。作为生产队长的朱大江要做到这点，并不难。可惜没想到，螳螂捕蝉，黄雀在后，最后得到沈菲的却是潘大军！

想到这里，司马子鉴终于醒悟过来：为什么自己在石崖子边上陈海摔死的现场一直觉得有什么地方不对劲。当时村主任和自己滑

下山崖，那个攀山绳系在树干上并不紧，而且绳头有新鲜的被砍断的痕迹，显然是有人先用一根细绳系在攀山绳上，趁陈海正在往上爬的时候，砍断攀山绳，让陈海摔死，然后再用细绳把攀山绳拉上来，重新系在树干上，造成陈海自己摔下去的假象。当然，潘大军也有可能这么做。但现在，司马子鉴一下想起了那根绳子的系法非常特别，只有山里人才会这么系，可见杀死陈海的不是已经回城三十年的潘大军，再加上潘大军上吊的绳子系法也和这个系法一致，所以断定，杀死陈海和潘大军的应该另有其人。

司马子鉴将自己的发现迅速报告警察。警察根据对另一个回城女知青的电话询问，证实了朱大江当年曾经想追求沈菲，却被沈菲拒绝的事情。

这样，所有事情全都清楚了，是朱大江偷听了司马子鉴对童谣的分析，意识到当年的罪行很可能暴露，便先下手为强，杀了陈海和刘东。没想到这时潘大军又找了来，他一定也听到了这首童谣，发现了问题，找朱大江到老仓库商量怎么办。朱大江也许是为了杀人灭口，也许是知道潘大军娶了沈菲，恼羞成怒了。

听完司马子鉴的分析，朱大江颤巍巍地站起来，主动向警察伸出了双手。等戴上了手铐，他才回头对司马子鉴说："潘大军是死有余辜，所有的坏主意都是他出的。实际上，他也想占有沈菲，我被他利用了。"说完，他朝警车走去。

司马子鉴紧追几步，大声问道："可是吴建伟为什么明知道自己会被你们害死，却既不逃，又不向上级报告呢？"

朱大江回过头来，想了许久，答道："当时，我们几个也感觉到他似乎觉察到什么了。我倒是希望他能够一走了之，免得我们再动手，可他竟一点儿也没有要离开的意思，有时也见他去过几次公社，但他并没有向公社举报。直到最后的那天晚上，他几乎是主动喝下了我们准备好的毒药！这么多年，我也一直想不明白他这么做的原因。"

"我知道!"在旁边一直听着的沈菲突然脸色大变。三十年前,就是在吴建伟出事后没几天,她意外地收到了回城的通知,使她成为最早离开槐树村的知青。在县里办手续时,一个工作人员在看她填表格时,曾低声嘀咕,说这个回城名额是一个患了肝癌的小伙子争取的,怎么回去的是一个女孩?当时自己并未在意,现在想来,一定是吴建伟为自己争取来的。

司马子鉴也恍然大悟,叹道:"是啊,吴建伟不离开,是因为他要用自己最后的生命保护你,并把你送出这个充满险恶的地方。"

满眼泪水的沈菲仿佛回到了三十年前:那时,吴建伟在知道有人要加害自己的情况下,忍着病痛,为她能回城不停奔波。夜深人静的时候,他还噙着眼泪编了一首童谣,悄悄地教给了村子里的小孩,希望有一天沈菲能够看到这座隐形的墓碑……

司马子鉴等人离开槐树村的时候,公路已经修通了。据修路的人说,从山上滑下的泥石里,竟发现了一具骸骨。而发生滑坡的地方,正是当年朱大江等人掩埋吴建伟尸体的山坡……

第二辑　九张脸

九张脸

一、一张脸

小区对面的广场里，这天来了一个跑江湖的草台"歌舞团"。

傍晚时分，演出在两个劣质高音喇叭刺耳的乐曲声中开始了，在几个衣着暴露的年轻女子懒洋洋的舞蹈暖场后，台上上来一个身着戏装的川剧演员，这演员脸上戴着厚厚的脸谱，身上披着红色披风，上台就表演了一个吐火，立即把本来稀稀拉拉站在远处观望的观众吸引到了台下。

见人越来越多，这演员也来了劲，披风一展，脸一扭，立即变成了另外一副面孔。"变脸！"台下的观众一边叫好，一边按照演员脸谱的变化齐声数了起来："三张脸、四张脸、五张脸……"

"好啊！他能变五张脸，真了不起！"演员刚一变完，台下便响起了一阵欢呼声，听到欢呼声，变脸的演员露出了满意的笑容。

台上表演变脸的小伙子叫马铭，以前是川剧团的演员，五年前川剧团倒闭后，因为不会别的手艺，他加入了一个跑江湖的草台歌舞团，在里面表演变脸。虽然四处漂泊的生活有些艰苦，但是可以表演自己的变脸绝技，他还是觉得非常高兴。

马铭变完脸，下到后台，拿起水杯，绕过看戏的人群，走到小区里，打算找户人家要点开水。

刚走到一户人家门外，突然看到门前有个黑影，正弓着身子，悄无声息地在门上捣鼓着什么。

"小偷！"马铭一惊，两步跨上前去，一把将那人扭住，大喝一声："干什么？"那黑影没料到身后突然跳出个人来，被吓了一大跳，双腿一软，颤声求道："兄弟，放我一马……"

一听话音，马铭心里"咯噔"一下，叫出声来："刘三？"

那人转过身来，果然就是刘三。这刘三以前也在剧团，是负责服装道具的后勤，离开剧团后，他便混迹到社会上，和一帮小偷小摸的混混搅在了一起，掐指算来，两人已有几年不见了。马铭拉着刘三来到街边的一家夜店，要了几瓶啤酒，就着两样小菜，喝了起来。

几杯酒下肚，刘三的话渐渐多了起来。他告诉马铭，自己不久前因为盗窃被关进看守所，而他之所以被抓全坏在一张脸谱上。

马铭有些奇怪："脸谱？这是怎么回事？"

"你也觉得不可思议吧？说实话，我也一直在纳闷，所以昨天从看守所出来后，我就专门过来，打算再摸进去瞧瞧。"说着，刘三讲起一件事来——

那晚，刘三摸进刚才那户人家去偷东西，进屋后，一阵翻找，却什么值钱的东西也没找到，就在这时，他看到床下有个上了锁的箱子。刘三琢磨，这箱子里说不定藏着什么宝贝，于是取出工具，撬了锁，打开了箱子。刘三一看，箱子里有一块颜色有些老旧的锦缎，锦缎里似乎裹着一团软软的东西。刘三将锦缎捧起来，刚一揭开，却见锦缎下突然露出一张两眼空洞的苍白人脸来！刘三吓得大叫一声，将锦缎一扔，转身就跑。

刘三的叫声惊动了隔壁屋子里的人，好几个小伙子冲出来一把将他抓住，送到了派出所。在派出所里，刘三将那户人家箱子里装有人脸面皮的事告诉了警察，警察一听，也觉得事关重大，立即派人前去调查，可警察找到房屋的主人——一个白发老头后，那老头却告诉警察，刘三看到的并不是什么人脸面皮，而只是一张川剧变脸用的脸谱！

刘三自然不会相信这种说法，他以前在剧团天天和道具打交道，什么脸谱他没见过？那些变脸用的脸谱不是用油彩在丝绸上描画而成的吗？可他在白发老人家里摸到的那个面皮却是软软的，像皮肤的感觉；还有，变脸的脸谱都画得大红大绿的，色彩鲜艳，可他看到的那张脸却像真人面孔，这怎么可能是脸谱？刘三觉得，这个白发老头一定隐藏着什么重要的秘密，所以，他一出看守所，就又来到这里，打算摸进去，看看箱子里那个东西到底是人皮面具还是脸谱？到底是自己看错了，还是这老头真有问题。

听了刘三的讲述，马铭眼睛一亮，突然想起了一个在变脸艺人中流传已久的传说。据说天下最好的变脸脸谱叫"九变神脸"，是百年以前一个醉心于变脸的世外高人所制，与其他变脸脸谱不同的是，"九变神脸"是用幼狐肚子上最柔软的皮削薄制成，一共有九张，分则薄如蝉翼，合则柔如肌肤，而且每张都精心描绘，精美绝伦，一共可以变幻出九种不同的面孔；更奇特的是，这脸谱最上面和最下面一张都按照常人的容貌绘制，平日戴在脸上，就如常人面孔一般。

传说百年以来，所有变脸艺人都梦寐以求得到这副"九变神脸"，只要得到它，变脸技艺就会大增，变出常人无法变出的九张脸来。不过，传说归传说，谁也没有见过它的真面目，难道刘三看到的就是传说中的"九变神脸"？如果确是如此，那只要将它弄到手，恐怕新一代的"变脸王"就非自己莫属了！想到这里，马铭立即向刘三问清了白发老人家的具体位置。

第二天晚上，马铭的表演一结束，他顾不上卸妆，便绕过人群，朝小区里刘三所说的那个屋子走去。

走到屋子前，见里面亮着灯，马铭上前敲了敲门，叫道："老乡，有人在吗？找点开水！"顺着一阵脚步声，一个须发皆白的老

头打开了门，老头看到马铭似乎并不惊奇，他往屋里一指，对马铭道："你先坐，我这就给你提开水来。"说着，他转身走到另一间屋里。

马铭走到床边，见刘三所说的箱子正在床下，就在这时，白发老头已经提着水壶进来了，马铭只得把盯着箱子的目光收了回来，将手中的茶杯递了上去。

白发老头接过马铭递上来的茶杯，问道："你就是那个变脸的演员吧？变得好！喝杯茶再走吧。"说着，拉着马铭就坐下。

马铭求之不得，他客气了几句，就坐了下来。一会儿老头开口说道："说起变脸，不知道你听说过'九变神脸'的事没有？"

一听"九变神脸"，马铭眼睛一亮：看来这老头箱子里面藏着的肯定就是传说中的那个宝物了！马铭心里激动，脸上却不露声色，淡淡地答道："那不过是个传说而已。现在的绝顶高手，也不过能变七张脸而已，哪里会有什么'九变神脸'啊？"

"任何传说都是有一定依据的。"白发老头面无表情地说道，"我将这'九变神脸'的来龙去脉讲给你听，你自然会相信它的存在！"

老头喝了一口茶，讲了起来……

二、三张脸

一百多年前，当这"九变神脸"第一次出现在世人面前时，就掀起了一场轩然大波，那时变脸才刚刚走上川剧戏台，还不为人所知。

这天傍晚，在川东一个叫陈家坝的偏僻小山村村头，陈家坝的族长陈六爷正站在老槐树下，焦急地望着进村的山路，等待着。明天就是八月初六，那是陈家坝一年一度祭祖的日子，每年这一天，方圆几十里陈姓人家都要聚集到陈家坝的宗祠里祭祖。照例，从祭祖前一天晚上起就要请戏班来，连唱两晚大戏。戏班是去年就定下了的，是跑江湖的喜乐班，可是，不知道为什么天都快黑了，还看不到戏班的人影，戏班不来，今年的祭祖可就冷清了。

陈六爷叹了口气，正要转身回村，就见不远处的山道上，一个黑影正急急忙忙地往这边赶来。"戏班来了？不对，戏班怎么可能只有一个人呢？"陈六爷正在疑惑，那黑影已经走到了跟前，陈六爷这才看清来者是一个三十来岁的小伙子，他脸色苍白，全身湿漉漉的，背上还扛着一个大包裹。小伙子走到陈六爷跟前，对着他作了个揖，问道："老人家，这里就是陈家坝吧？我是喜乐班的……"

"喜乐班的？就你一个人？"陈六爷的心顿时凉了下来，"你一个人怎么唱戏？"

小伙子面无表情地答道："老人家别担心，我自有办法。"说着，他扛着包裹朝祠堂旁的老戏台走去。

这个时候，陈六爷跟在小伙子身后，心里直打鼓：这一场戏，至少也得两个人来演，他一个人，怎么把一台戏唱下来？而且，他说自己是喜乐班的，可去年怎么没有见过他？

陈六爷嘀咕着，来到戏台下中间的太师椅上坐下，而那小伙子则走到戏台后面，放下包裹，装扮起来。此时，戏台下早围满了前来看戏的村民，在大家的议论声中，从邻村请来帮忙的鼓师敲响了开场锣，刚才那个小伙子一身戏装踱上台来。

小伙子开口一唱，陈六爷不由得微微点了点头。要说这小伙子的唱腔还真不错，不过，他唱的是《伍三拿虎》中的伍三，这戏中还有一个县令和土地爷又由谁来扮呢？陈六爷正疑惑着，突然看到台上的小伙子将手往脸上一抹，顷刻间，他的脸竟然变成了另外一个模样！刚才台上的"伍三"立即变成了"县令"，还没等大家回过神来，小伙子又将手往脸上一抹，台上的"县令"又已经变成了

"土地爷"！

这是怎么回事？台下的陈六爷和所有人一样，顿时惊得目瞪口呆！一个人居然能变化出三张脸来，这真是闻所未闻的怪事！

台上又唱了些什么，陈六爷一句也没听进去，他只是看到台上那人如同鬼魅一般，面孔不断地变来变去，一个人同时扮演着三个角色，而台下其他的人，也似乎都忘记了看戏，他们先是揉了揉眼睛，确定自己没有看错后，便悄声议论起来。

在大家的议论声中，台上的戏唱完了，陈六爷让手下的人把唱戏的小伙子请到戏台后的草棚里休息，自己满腹疑惑地走回了家。他一直想不明白，戏怎么会有这么唱的？是自己见识太少，还是这小伙子有什么古怪？这一夜，陈六爷没有睡安稳。

快天亮的时候，陈六爷突然被狗叫声惊醒过来，紧接着就响起了急促的敲门声。一个村民慌慌张张地前来报告：全村十几只鸡一夜之间全都不见了！原来，因为这天要祭祖，所以这个村民一大早便去鸡窝抓鸡，一看，鸡窝里一只鸡也没有，而更让人惊奇的是，全村的鸡全没了，鸡窝旁边的地上还有鸡毛和鸡血，村民觉得事情重大，连忙来报告陈六爷。

陈六爷眉头一皱，他怀疑是黄鼠狼把鸡吃了。他喊了几个青年，打起了火把，顺着鸡笼外的血迹，一路往村头寻去。

地上的鸡血在村头老戏台前消失了，就在大家仔细辨认地上的血迹时，戏台后传来一阵窸窸窣窣的声音。陈六爷示意大家不要出声，然后轻手轻脚地绕到戏台后，只见声音是从戏台后的草棚里传出来的，里面还隐隐透出一丝灯光。

那个唱戏的小伙子不是被安排在这里吗？他这么早起来干什么呢？陈六爷疑惑地走上前去，凑近门缝往里一看，顿时吓得双脚发软，站立不稳。只见昏暗的灯光下，一个面目狰狞的人正将桌上的一副人皮面具往自己的脸上贴去。那人将人皮面具仔细贴好，转过身来时，那张脸便变成了那个唱戏的小伙子！

六爷脸色大变，这时他才明白，怪不得这人的脸不但白得吓人，还没有一点表情，原来他的脸上竟然贴了人皮面具！

跟随陈六爷一起来的几个青年也吓坏了，有人小声问道："六爷，这不会就是《聊斋》里面的画皮吧？说不定，偷鸡的就是这个妖孽！"

陈六爷摆了摆手，一声断喝："是人是妖，问问便知！"说着，他将门一推，带着几个青年闯了进去。那小伙子被突然闯进的人群吓了一跳，慌忙捂住自己的脸。

陈六爷盯着那人仔细打量一番，问道："你究竟是何人？脸上为何戴着人皮面具？"

"我说过了，我是喜乐班的，人称胡花脸。"小伙子迟疑了一下，说道，"至于我脸上戴的，也不是人皮面具，只是表演变脸的脸谱。"

"胡花脸？我怎么没有听说过你？"陈六爷越发觉得可疑，他厉声喝道，"既是脸谱，唱戏才用，平日戴在脸上做什么？"

"这……"胡花脸一时答不上来。

"六爷，别和他啰唆！唱戏的脸谱都画在脸上，哪能够像他一样变来变去，他一定用的是妖术！"跟随的青年们齐声吆喝。

"不，不是妖术！"胡花脸被眼前一张张愤怒的脸吓坏了，连声解释道，"这叫变脸，只不过用了一定的技巧而已……"

几个青年要胡花脸当场表演"变脸"，胡花脸不肯，于是他们认定这胡花脸是变作人形的妖孽，不除掉他，祸害的就不只是村里的鸡，恐怕就是整个陈家坝了！于是，他们拉着陈六爷，离开了草棚子，然后扣上了房门，将火把扔到了草棚顶上，陈六爷想要阻止已来不及了，火立即燃烧起来……

天亮的时候，火已熄灭了，陈六爷正打算找人清理被烧毁的草

棚废墟，忽然有人来说：村外又来了一个戏班！

陈六爷迎到村口，发现迎面而来的正是去年喜乐班的那帮人。为首的一个老者走到陈六爷跟前，左右看了看，问道："六爷，我们班主呢？"

陈六爷觉得有些奇怪："张二爷，你不就是班主吗？"

那老者笑了笑道："我老了，这喜乐班已经交给我义子胡花脸了，他昨天不是一个人先来了吗？怎么，你们没有看到他？"

陈六爷觉得自己的脑袋"轰"地一声，半天说不出话来，许久后，他才喃喃道："他真的是喜乐班的班主？"

张班主点头说是，他说那小伙子是去年投奔到喜乐班的，小伙子唱功了得，还会变脸，那可是从没见过的绝技啊！张班主见小伙子老实可靠，就把班子交给了他。昨天来的路上遇到岷江发了百年难遇的大水，冲毁了浮桥，过不来。大家都说，等桥修好了再来，可他说，应下了的戏，不能不按时开锣，所以一个人绕到上游趟水过河，来撑陈六爷的场子……

听到这里，陈六爷长啸一声，一头栽倒在地，等他苏醒过来的时候，喜乐班的一帮人已经将胡花脸的尸体从草棚的废墟中抬了出来。从张班主的哭诉声中，陈六爷这才知道，胡花脸早年被强盗划伤了脸，幸遇一个高人传了他变脸绝技，还专门为他制作了一副精美的变脸脸谱。这脸谱最外面是一张平常人的脸，平日戴在脸上，可遮住脸上的伤痕；上台则是变脸的道具。正是有了这副脸谱，面相丑陋的胡花脸才能站在戏台上，可没想到，最后他会因这副脸谱丢了命。

"可是，村里丢的那些鸡又是怎么回事呢？"还有村民不相信张班主的话，陈六爷无力地摆了摆手，说："别说了，是我们错了，那应该是黄毛子干的。我们这里虽然没有黄毛子，但我小时候听老人说，以前岷江发大水，曾将山下的黄毛子赶了上来，刚才老班主不是说，岷江又发了大水吗……"陈六爷的话音刚落，果然有村民在老戏台后面的树林里找到了黄鼠狼新打的洞，洞口旁还有不少鸡毛。

陈六爷仿佛一下苍老了许多，有村民劝慰道："六爷，您别生气，这事也不全怨我们，谁叫他不告诉我们这脸是如何变出来的呢？"

张班主气得浑身哆嗦："他能告诉你们吗？这变脸和变魔术一样，多少艺人指着这技艺吃饭啊，他要是把变脸的诀窍说出去，不只是犯了行规，还砸了所有同行的饭碗啊，他这是宁死也不愿意破了规矩啊！"

当天夜里，陈六爷在家中上吊自杀了！

讲到这里，白发老人停了下来，端起茶杯慢慢喝了起来。马铭见他很久不说话，忍不住问道："照你说来，那胡花脸烧死时戴着的就是传说中的'九变神脸'，人都烧死了，脸谱不会还存在吧？"

"你问得好！"白发老人点点头，笑道，"那'九变神脸'确实没有被烧毁，在大家找到胡花脸的尸体时，发现他竟然在烧死前将脸谱取了下来，将其用锦缎包好，压在自己的身下，这'九变神脸'才躲过一劫，没被烧毁，也才有后来的一连串故事。"

说到这里，白发老人放下茶杯，又讲出了另一段奇事……

三、五张脸

自从陈家坝的惨剧发生后，没有人知道这个脸谱的下落，直到几十年后，它才出现在川南一个小镇的茶馆里。

这天是小镇赶集的时间，在镇上最大的那家茶馆里，一个川剧戏班正准备开锣唱戏。眼看台下的观众都已经坐满，戏班的班主老杨才发现表演变脸的鲁大春不知跑到哪里去了。老杨急得赶紧让人

四处去找。

　　催场的锣鼓响了两遍，鲁大春才满头大汗地跑进后台。眼看时间紧迫，老杨顾不上问他去了哪里，赶紧帮他换上服装，又从箱子里取出一个精美的变脸脸谱，帮他戴在脸上。看着鲁大春踏着鼓声踱上了戏台，老杨这才舒了口气，让伙计沏上一杯茶，慢慢喝了起来。

　　头道茶还没有喝完，就听街上突然响起了一阵杂乱的脚步声，接着就听人喊道："快跑吧，张大胡子抓壮丁来了！"

　　老杨一听，将茶杯一扔，起来对众人叫道："都收拾起家伙，快跑！"他的话音未落，茶馆里的茶客全都一窝蜂地朝外面涌去。老杨一边回头招呼台上的人快跑，一边跟着众人往外挤。出了茶馆，只听镇东头一阵马蹄声传来，街上的人群又一窝蜂地往西街跑。众人一口气跑到了镇外，见后面没有人追赶，大家这才停了下来。老杨在人群中四处找了一圈，将戏班的人都聚到一起，一点数，独独少了鲁大春。这鲁大春是班子里最年轻力壮的，别人都跑出来了，他怎么就没有跑出来呢？他要是落在张大胡子的手里，那可就糟了！

　　张大胡子是本地的一个军阀，本是靠打家劫舍起的家，如今带了一帮人马，自封师长。他为了和别的军阀争地盘，不时到镇上来抓壮丁补充兵员，这些临时抓来的士兵，除了几个成了残废的，几乎都死在了外面，所以，镇上的人一听张大胡子进城，就会飞快地躲起来。今天，鲁大春看来是凶多吉少了！

　　稍后传来的消息证实了老杨的猜测，鲁大春真的被张大胡子抓走了，但是，他没有想到的是，茶馆里跑来报信的人告诉他，张大胡子这次竟然是带着人直奔茶馆去的，而且抓了鲁大春后，便带着队伍回去了，似乎就是专门来抓他的。更不可思议的是，在大家都逃走后，鲁大春居然根本就没有跑，而是一个人在台上，一直唱到张大胡子的人将他捆起来，然后穿着戏装，戴着脸谱就被抓走了。

鲁大春不是疯了吧？老杨实在想不明白他为什么不跑，不过，现在顾不上想那么多了，重要的是先想办法把他弄出来。

老杨将自己的想法一说，大家都支持他将鲁大春赎出来。说着，大家就你三块、我两块地开始筹钱，不一会，老杨的兜里就被塞进了几十块大洋。老杨又回到茶馆，取出自己积攒的银元，凑齐一百块大洋，然后用红纸包裹着，往城外张大胡子的庄园走去。

到了张大胡子的庄园，老杨找到一个认识的门房，一打听才知道鲁大春被抓，是因为他将张大胡子一个调戏小媳妇的亲兵打成了重伤，现在他已经吃了一顿好打，被关到牢里去了。

鲁大春怎么会糊涂到去打张大胡子的人呢？老杨想不明白，他塞给门房两个银元，请他带自己去看看鲁大春。

到了牢里，看到鲁大春身上还穿着戏装，脸上的脸谱摘下来了，油彩却还没掉，不过已经被打得满身血痕，气息奄奄了。老杨一阵心痛，埋怨道："谁不知道那张大胡子心狠手辣，大家对他都避之不及，况且，这种事连县太爷都不管，你管它做什么？"

鲁大春不假思索地答道："戏里不是都说'路见不平，大丈夫当拔刀相助'吗？"

"你这个戏痴啊！"老杨一时不知该说什么，许久才叹了口气道："就算你打人有理，见人家来抓你，也该赶紧逃啊，哪里有等着别人来抓自己的傻子呢？"

鲁大春的头突然昂了起来，他望着老杨，不解地问道："你不是常告诉我们'戏大如天'吗？哪怕只有一个观众都得把戏唱完，这不是咱们这行的规矩吗？你们可以跑，可那台下还有一个观众，我就不能丢下戏跑了啊！"

"人不是都跑了吗？哪里还有观众啊？"老杨有些不解，不过，他不愿再去追究这些了，现在最要紧的还是去求张大胡子放过鲁

大春。

打定主意，老杨托门房引见，终于见到了张大胡子。也许是看在一百块大洋的面子上，老杨一阵求告后，张大胡子答应放了鲁大春，不过，他有个条件，要鲁大春当着全体士兵的面，向他跪地道歉，否则就以殴打军人的罪名将他处决。

老杨喜滋滋地回到牢里，将消息告诉了鲁大春，令他没想到的是，鲁大春不但一口答应了张大胡子的条件，还主动提出，要专门给张大胡子表演一下他的变脸绝活。

"对对对，他饶了你一命，你是该专门给他表演一下。"老杨赞成地连连点头，"我这就回去把琴师、鼓师叫来！"

"我就变一下脸，不用叫他们！"鲁大春淡淡地说道，"让他们把我那变脸的脸谱还给我就可以了。"

听说鲁大春同意向自己当众跪地道歉，还要表演变脸以示感谢，张大胡子非常满意。

于是，鲁大春戴好脸谱，穿着戏装，被人押到校场。那个时候，张大胡子已经将部队集合起来列队站好，自己也端坐在校场中央的太师椅上，等着看戏了。

老杨带着鲁大春走到张大胡子跟前，要他给张师长道歉，可鲁大春却站在原地一动不动，眼看张大胡子的脸色越来越难看，老杨急得不由得连连跺脚。

就在这时，鲁大春突然指着自己脸上的脸谱对张大胡子大声说道："这是《八郎回营》里杨八郎的脸。"说完，他抬起手来，一手将披风一展，一手往脸上一抹，脸上顿时变成了另一副脸谱！这时，鲁大春又指着脸谱对众人道："这是《甘露寺》里关云长的脸！"众人正诧异他到底要干什么，他已经又接着变了起来。每变出一张脸，他就对众人朗声报道："这是忠武岳飞的脸，这是霸王项羽的脸，这是青天包拯的脸。"一直变出了五张脸，他这才停下来，对张大胡子道："张师长，这张张脸可都是大仁大义、大忠大孝大英雄的脸啊，就算我想向你道歉，这五张脸也不肯啊！"

老杨这时才突然明白鲁大春变脸的目的，他上前一把拉住鲁大春，连声劝道："大春，你可别傻了，那些不过是几张脸谱而已，你抹一抹脸不就变成其他的了吗？快，快向张师长道歉！"说着，老杨推着鲁大春要他跪下，鲁大春将老杨的手一甩，断然道："可我鲁大春就变不出贪生怕死的脸来！"

此时，张大胡子已经明白了怎么回事，他铁青着脸站了起来。老杨见状，知道不妙，赶紧"扑通"一声跪下，对张大胡子求道："张师长，我替他道歉，你饶了他吧！"与此同时，几个士兵拿着棍子朝鲁大春的腿上打去，鲁大春两腿吃了几棍，连退两步，又稳稳站住，昂起头盯着张大胡子，吼道："打死我，我也变不出跪地求饶的脸！"

张大胡子似乎也没有料到会是这样的结果，他又打量了鲁大春一阵，这才说道："说实话，你是条汉子，我真不忍心杀你，可我这帮兄弟就要上前线了，尚未出师，士兵就先受了辱，如果没有个交代，我这军队就没法打仗了。"说到这里，他叹了口气，转过身去说："对不住了兄弟，你来世再变脸吧！"说着，手一挥，两个士兵便扑上来，将鲁大春拉了出去。

那个时候，老杨已经急昏过去了，等他从地上爬起来，跑去给鲁大春收尸的时候，鲁大春脸上的那个"九变神脸"已经不见了，老杨四处找人打听，都没有探听到那副脸谱的下落。

老杨找人将鲁大春的尸体拉回茶馆的时候，张大胡子派人送来了一副上等棺材。到这个时候，老杨才打听到，原来张大胡子抓人那天，在所有人都跑了后，茶馆里真的还有一个观众没有跑，不过，那个没跑的观众居然是一个从其他地方流浪来的又聋又傻的疯子。大家都不住地叹息，说可惜了鲁大春那手变脸绝活了！听到这些

话，老杨啥也没说，等埋葬了鲁大春后，他便带着戏班离开了那个小镇。

几年以后，张大胡子的队伍被整编进了国军出川抗战的队伍。在一次对日军的阻击战中，张大胡子一个师的人马在和日军激战三天三夜后，终于弹尽粮绝，最后只剩下了十几个人。眼看鬼子就要扑上来了，张大胡子突然从随身的包裹里取出一副变脸脸谱来，仔仔细细地戴上。刚开始，他的手下还以为他想化妆逃跑，没想到张大胡子戴上脸谱后，捡起一把大刀便朝鬼子冲去……日军突然看到冲出一个面目怪异的人，一时惊讶得忘记了开枪，而这时，张大胡子剩下的十几个部下也挥着大刀扑了上去。不过，就在张大胡子快要冲到敌军跟前时，日军反应了过来，一时枪声大作，张大胡子和他的十几个部下全都倒在了血泊里，而此时，张大胡子脸上正好是岳飞的脸谱！

消息传开后，大家都觉得很奇怪：张大胡子怎么一下变得那么勇猛了呢？后来，有人说，张大胡子在戴上脸谱杀向日军的时候，突然像变了一个人，动作和声音都极像早已死去的鲁大春！还说，张大胡子在倒下后，还用手摸了摸脸上的脸谱，确信没有损坏后，这才闭上眼睛。于是，民间便传说，其实鲁大春的魂魄已经附在了那个脸谱上，所以，戴上"九变神脸"杀向日军的，其实并不是张大胡子，而是复活的鲁大春……

马铭听到这里，忍不住问道："后来呢？那脸谱难道又失踪了？"

白发老头神情黯淡了下来："是的，从此再也没有人知道那个脸谱的下落。有人说，那个脸谱和张大胡子的尸体一起掩埋在战场上，有人说是被日本人一把火给烧了，还有人说是被一个戏子冒死从日军军营中偷了出来……不过，每一种说法都没有依据，反正谁也没有再见到过那个脸谱，直到几十年后，它再次出现，又引出了一段故事……"

四、七张脸

这天清晨，川剧团的退休老演员老郑去公园锻炼，刚回到家，就接到剧团团长打来的电话。原来，最近剧团要组织一次慰问演出，团长想请老郑这个有名的"变脸王"也一道去参加。

老郑退休以后，已经很久没有登上过舞台了，想到马上要演出，他决定将自己变脸的行头取出来，自己先练习练习。

老郑的变脸行头一直放在一个带密码锁的箱子里，箱子又藏在一个上了锁的大柜子里面。老郑将行头放得这么隐蔽，倒不是这行头值多少钱，而是因为变脸的秘密就全在那副脸谱上。脸谱的秘密曝了光，变脸也就没有什么神秘可言了，所以，每个变脸艺人都会细心地将自己的脸谱藏好，这也成了一个不成文的行规了。

关上房门，打开柜子，取出箱子后，老郑将箱子提到客厅里，然后输入密码，将箱子打开。以前，老郑不但练功从来不让家里人看，连脸谱也不让家里人摸一下，不过，现在老伴已经过世了，儿子也出国留学去了，家里再也没有别人，老郑倒不用担心有谁看他练功了。

打开箱子，正要取出脸谱，老郑突然觉得有些不对头：以前，每次用完脸谱，他都会将其一层一层理好，按顺序戴在一个木头雕的人头上，这样做的目的是为了让脸谱保持平整，可今天一见箱子，却发现木头人头上的脸谱有些不对头，好像和自己装进去时有些不一样，老郑愣了片刻才将脸谱取出来。

按理说，这装脸谱的箱子也就只有自己能打开，不可能有别人动过，看来自己真的老了，把放了几十年的顺序都搁错了。

老郑苦笑一下，取出脸谱练了起来。练完以后，他特别小心地

将脸谱一层一层戴在木头人头上。这一次，他特别注意了脸谱的顺序：最里层是"曹操的白脸"，接着是"包公的黑脸"，然后是蓝脸、黄脸……最外面才是"关羽的红脸"。将脸谱戴好后，他又检查了一遍，确认顺序没错，这才将戴上脸谱的木头人头放进箱子，然后将箱子锁上，放到柜子里。

令老郑没有想到的是，第二天一早，当他再次打开箱子，准备练功时，发现木头人头脸上最上面的一张脸谱竟然变成了白色的，脸谱的顺序又变了！

难道有人动过脸谱？可是这怎么可能呢？家里房门锁得好好的，柜子也上了锁，箱子更是用只有自己知道的密码锁上的，要想动这个脸谱，就得开三道锁，有什么小偷能有这样的本事，不动声色地将三道锁都打开呢？况且，真要偷这脸谱，费了那么大的劲，为何只是将摆放脸谱的顺序改变了，却不拿走脸谱呢？

这脸谱一定有什么古怪！老郑将箱子抱出来，重新藏到了自己的床下，可当他再次打开箱子的时候，发现箱子依然完好无损，里面木头人头上的脸谱的顺序又变了！

除了自己没人能打开箱子，可里面的脸谱都自己在变，难道是那个木头雕的人头成了精，自己在箱子里面变脸？老郑不相信会有这种事情发生，他决定要查个水落石出。

这天早上，老郑按照往日的时间，一大早就出去锻炼，可刚走出门没多久，他就转了回来。到了家门口，他看了看房门，锁得好好的，没有被撬的痕迹；再看看窗户，也关得好好的，可就在这时，他听到屋里传来一阵轻微的声响，老郑一惊，连忙悄声打开房门，从门缝里朝里一看，顿时惊得目瞪口呆：只见一个人影正站在自己家客厅的镜子前，从镜子里可以看到，那人正戴着自己的脸谱，而且正在变脸！

这到底是谁？老郑惊讶得说不出话来，难道真是木头人头成了精？不对，就算它成了精，也不能从上了锁的箱子里钻出来啊！这人一定是想窥探变脸秘密的人！

老郑一脚将门踢开，闯进去，大吼道："你到底是谁？"

镜子前正在变脸的人被老郑的叫声吓了一跳，顿时僵立在原地，半天才回过神来，低声叫道："爸，是我，小健！"

"小健？真的是你？"老郑疾步冲上去，一把揭下那人脸上的脸谱，只见脸谱后露出的果然是自己的儿子小健那张涨得通红的脸。

"你不是在日本读书吗？你什么时候回来的？"看到许久不见的儿子，老郑又惊又喜。小健一直在日本读书，一周前打过电话说过一阵会回来看他，可没想到竟然提前回来了。

小健一时不知道该如何回答，他低下了头，许久才喃喃说道："爸爸，对不起，其实我已经回来几天了，但是一直不敢告诉你……"

"为什么？到底发生什么事情了？"老郑有种不祥的预感。

"我、我是回来学变脸的！"小健将父亲扶到椅子上坐下，这才开口讲了起来。

原来，小健在日本学习期间，有一次偶然间在一个拍卖会上见到了一副川剧变脸用的脸谱，这副脸谱材料特殊，制作精美，很可能就是传说中的"九变神脸"。小健从小便从父亲那里听过许多关于"九变神脸"的传说，知道这是川剧艺人的宝贝。为了这件珍宝不至于流失，小健通过拍卖方找到了脸谱的所有者——一个对中国戏曲很有研究的老人。这副脸谱是老人从一个日本老兵手上买来的。老人不但知道这副脸谱的价值，甚至也会变脸，不过，在小健的再三恳求下，他答应小健，暂时撤回拍卖，但是，老人要求小健和他进行一场变脸比赛，只要小健胜过他，就将这副脸谱无偿赠送，否则就会在半年以后进行拍卖。

　　不过，小健虽然是"变脸王"的儿子，但从小父亲就不让他学变脸，而是一心要让他出国留学，小健只是在小时候父亲练习的时候偷看过几次，并不会真的变脸，如今，为了让"九变神脸"重回祖国，小健决定学习变脸。可他知道，如果为了学变脸而放弃学业回国，父亲一定不会同意，更何况，他深知变脸绝技是一直不外传的，即使是自己的儿子，如果不是一心要从事变脸，也不会传授。他深知父亲是最重行规的人，父亲常说，别人可以瞧不起唱戏的，可唱戏的人不能自己坏了自己的规矩。所以，小健考虑再三，在向学校请假后，悄悄提前几天回来，打算趁这几天先背着父亲，用脸谱自己练习一下，等自己练得差不多时，再告诉父亲，那时，父亲想反对也来不及了。

　　回来后，小健悄悄借住在朋友家里，每天趁父亲早上出去锻炼的时候摸回家去，用一直带在身上的钥匙打开房门和柜子，至于那个箱子的密码，他用家里所有人的生日作为密码试了几次，终于将其打开了。

　　听到这里，老郑终于什么都明白了，他长叹了一口气，说道："你知道爸爸为什么一直不让你学戏吗？是爸爸太知道这行的辛苦了，我是不愿意你像我一样吃那么多的苦啊！"

　　小健点点头，连声应道："我知道，爸爸，可是我们不能就这样让'九变神脸'流失在海外吧？这可是几代川剧变脸人梦寐以求的神物啊！"

　　"我知道！"老人想了想，问道，"那日本老人现在能变几张脸？"

　　"六张。"小健有些不好意思地答道，"可我从来没有正式学过，现在也就只能勉强变两张脸，您还是教教我吧！"

　　老郑没有回答儿子，沉默了许久，他才难过地摇摇头："可是这行规在那里，我也不能违背啊！"说完，老郑便走回自己屋里去了。

　　这一夜，老郑父子俩都没有睡着，第二天一早，眼圈红红的父子俩同时决定，请来剧团的同事，举行一个拜师仪式，小健正式拜自己的父亲为师，学习变脸。

　　几个月后，小健回到日本，找到了那个老人。当他当着老人的面一口气变出七张脸后，老人决定不再和小健举行比赛，而是直接将脸谱交给了他，随后，还将自己研究中国川剧的几本专著也赠送给了他。

五．九张脸

　　听到这里，马铭似乎终于明白过来："你就是老郑？"白发老人笑了笑，说道："那已经是二十多年前的事情了。"

　　马铭一听，眼睛不由得朝床下的箱子瞟了瞟："这么说，那个'九变神脸'还在你这里？"

　　白发老人没有回答，站起身来，郑重地对马铭道："小伙子，我看你基础不错，随随便便就能变五张脸，你努力一下，变九张脸应该没有问题的。'九变神脸'不是九张吗？你变不了九张，拿了也没用……你回去练练再来吧！"

　　马铭心中大喜，这已经明确告诉我，只要我能变九张脸，就将那脸谱送给我。马铭喜滋滋地向老人告辞，转身离开了。

　　回去后，马铭离开了那个草台歌舞团，重新找到自己以前的师傅，认真练习起变脸，而且还四处遍访名师，向变脸名家讨教诀窍。一年后，在自己的刻苦练习下，马铭终于能变出九张脸来了！

　　马铭根据记忆，找到了白发老人的家里，只见开门的是一个中年男子，马铭看了看他，觉得这可能就是老人故事里那个从日本回来的儿子小健，于是就问道："请问你父亲在家吗？"

　　中年男子摇摇头："对不起，我父亲已经在半年前过世了，请

问你是谁？”

马铭一听，脑子"嗡"的一下，过了许久才说道："他、他让我能变九张脸后，来拿'九变神脸'……"

中年人笑道："'九变神脸'？哪有什么'九变神脸'啊！那不过是个传说而已！"

马铭不解地问道："那不是你从日本带回来的吗？"

"你说什么啊？"中年人笑了起来，"我什么时候去过日本啊？你一定是被我父亲给骗了！"

马铭不解地说道："怎么会这样呢？那个东西明明就在他床下的箱子里面么！"

"你是说箱子里那个像人体皮肤的面具？"中年人想起了什么，解释说，"我是从事化工行业的，那是我用有机硅仿人体皮肤制作的一张假脸，用来给我父亲试验油彩的。"原来，老人的确一直在剧团里工作，因为看到演员用油彩化妆很损坏皮肤，因此想研制一种对皮肤无害的油彩，这才让儿子制作一个假脸给他试验。

马铭失望地问道："这么说，真的没有'九变神脸'？"见中年人肯定地点了点头，马铭失落地朝门外走去。他刚走了几步，那个中年男子突然跑上来，一把拉住他，说道："这是我父亲去世前给我的，要我交给一个来找脸谱的年轻人。我想，应该就是你吧。"说着，他递给了马铭一封信。

马铭接过信，打开一看，只见信上只写着两行字："小伙子，原谅我骗了你，世上根本就没有什么'九变神脸'，那只是变脸艺人间的一个传说而已。不过，如果你收到这封信，说明你已经有了神奇的'九变神脸'了，不是吗？"

捉迷藏

一、你爱玩捉迷藏吗

在通往九龙山的公路旁，有个孤零零的小餐馆。

傍晚时分，空荡荡的餐馆里有两个客人各自在闷头喝着酒。年长者有五十来岁，是个大胡子，衣服有些破旧，像是进山运木料的司机。另一个是二十来岁的年轻小伙子，衣着整齐，像是刚毕业的大学生。

天色渐渐暗了下来，餐馆老板家的两个小男孩做完作业，在餐厅玩起了捉迷藏。只见他们一个悄悄藏在餐桌下，被蒙上眼睛的则一边唱着儿歌："迷藏，迷藏，无处可藏，我捉迷藏，一个难逃。"一边摸索着找了过去。

望着两个玩耍的小孩，大胡子突然端起桌上的下酒菜，提着两瓶啤酒走到了小伙子的餐桌旁坐下："小伙子，一个人喝酒怪闷的，不如咱爷俩一起喝几杯吧。"说着，将手中的酒瓶伸过去，把小伙子和自己的杯子斟满。小伙子脸一红，点了点头，端起酒杯喝了一大口。

几杯酒下肚，大胡子的话渐渐多了起来。他指着两个捉迷藏的小孩，对小伙子道："你小时候玩过捉迷藏吗？不是我吹牛，玩这个肯定没人能玩过我，不管你藏在哪里，我都能找出来。"

见小伙子只是轻轻一笑，并不搭话，大胡子急了："你认为我吹牛？好，我证明给你看！"说着，将两个小孩叫了过来："来，叔

叔和你们玩！你们去藏，我来找。"

两个小孩见有大人陪他们玩，来了精神，其中一个赶紧用黑布条将大胡子的眼睛蒙了个严严实实。两人确信大胡子不可能看到后，这才悄悄跑到一边躲了起来。

他们刚藏好，大胡子便大声宣布："一个在三号餐桌下面，一个在门的后面！"

大胡子说的没错，两个孩子确实分别藏在那两个地方。但小孩子并不服气："不算，不算，一定是你身边的年轻叔叔告诉你的！"

小伙子当然没有向大胡子透露过任何信息，他也正纳闷，这大胡子眼睛上的布蒙得好好的，他是怎么知道的呢？

"好吧，让这个叔叔去藏，你们来监督我。"大胡子并不生气。

这时小伙子也产生了好奇心，他点点头："好，我来藏！"说着，他又检查了一下大胡子眼睛上蒙着的布条，确定他不可能看见后，这才轻手轻脚地摸到餐馆外，在树林中绕了一圈后，藏在了一棵大树后面。

这时，天已经完全黑了下来，伸手不见五指。别说蒙着眼睛，就算没蒙眼睛，这时也无法看见小伙子藏身的位置。没一会儿，小伙子看见蒙着眼睛的大胡子大步从餐馆大门走了出来，绕过堆放在门口的杂物，径直走到自己躲藏的大树旁，伸出手一把抓住了他。

小伙子和两个小孩都看得目瞪口呆，半天说不出话来。这也太不可思议了！

两个小孩再也不敢和大胡子玩，一溜烟地跑了。小伙子跟着大胡子回到餐桌旁，正想问他是如何找到自己的，大胡子却开口说道："你肯定很佩服我这捉迷藏的本事吧？好，在告诉你我捉迷藏的秘密之前，我先讲个故事给你听。"说着，他又干了一杯酒，讲起故事来。

二、大胡子讲的故事

二十年前的一个冬夜，在县城小站的候车室里，很多旅客正坐在长椅上等着下一班火车。除了几个旅客轻微的呼噜声，整个候车室里一片寂静。

这时，候车室的门悄无声息地开了，有个身穿风衣的男子闪了进来。他手里提着一个包，帽子低低地遮住额头，看上去三十来岁。风衣男子一进门，便警惕地左右张望，见没有人注意他，便迅速弓着身子，沿着墙根往候车室里灯光最暗的一个角落走去。

突然，候车室外传来一阵杂乱的脚步声，接着一阵电筒光晃动。他赶紧闪到旁边的一根大柱子后藏了起来。几乎同时，候车室的大门被人推开，一胖一瘦的两个汉子走了进来。一进门，两人便用电筒往人堆里一通乱晃。

胖汉子嘀咕道："奇怪，不是说来火车站了吗？怎么不见人啊？"

瘦子安慰道："没事，火车没来，他跑不了。我们守在这里，肯定能抓到他。"说着，便在门口的长椅上，和胖子一起坐了下来。

风衣男子叫曾俊，他知道他们是来找自己的。但他今天要悄悄离开这里，找一个新的地方藏起来。如果让门口那两人发现，他不但走不了，恐怕今后也没有好日子过了。

曾俊正想着该如何脱身，这时离他不远的长椅上，有个三岁左右的小女孩正拍着手，对着他咯咯直笑。小女孩一边笑还一边用稚嫩的声音唱了起来："迷藏，迷藏，无处可藏，我捉迷藏，一个难逃。"

《迷藏歌》！坏了，这小女孩竟然以为自己在跟她玩捉迷藏！

曾俊吓得冷汗直冒，这么安静的候车室里，小女孩这一唱肯定

要引起众人的注意，如果门口那两人过来，那自己可就没法藏了！更令他紧张的是，小女孩竟唱着《迷藏歌》正向他躲的那根柱子走了过来！

完了！就在他束手无策时，小女孩突然"啪"的一声摔倒在地。与此同时，长椅上一个正抱着小男孩打瞌睡的中年妇女猛地惊醒，一下子站了起来。曾俊这才发现原来小女孩的腰上系着一根细绳，而细绳的另一头则拴在那个中年妇女的手上。是小女孩刚才这一摔将那妇女拽醒过来的。

中年妇女将手中熟睡的孩子朝椅子上一放，两步跨过来，将小女孩拉了起来，抱回长椅上，埋怨道："你怎么那么不听话？差一点把弟弟吵醒了。再乱跑，我就不带你坐火车去找爸爸了！"说着，她从包里掏出一个棒棒糖，塞到小女孩手里，道："来，吃个棒棒糖！"

没想到小女孩却一下大哭起来，指着曾俊说："不嘛！我不要棒棒糖，我就要和叔叔玩捉迷藏！"说着，扔掉棒棒糖，跳下长椅，朝曾俊跑过来。

中年妇女正想去追小女孩，可怀里的孩子被小女孩的哭声惊醒了，也大哭起来。

糟了！哭声这么大，门口那两个人非被引过来不可！曾俊朝门口望去，果然见那个瘦子站起身，朝这边走来。

怎么办？大门肯定是出不去了。再藏，那小女孩肯定会哭着来追自己，那自己立即就会被发现！曾俊思索了一下，他迅速从柱子后面的暗处闪了出来，迎上去将小女孩抱在了怀里，说道："好孩子不哭，叔叔这就陪你玩。"说着，抱着小女孩坐到那个中年妇女身边。

小女孩一被抱起，便立即止住了哭泣，一脸得意地朝着曾俊咯咯地笑了起来。

中年妇女正被两个小孩弄得束手无策，见小女孩被曾俊抱了回来，这才放下心来。她歉意地对曾俊笑了笑，又将手中的棒棒糖塞给小女孩："玲玲乖，吃糖！"

谁知小女孩嘴一撇，扭过头不理会她。曾俊赶紧接过棒棒糖，对那妇女道："我陪她玩一会儿吧，免得她哭起来，影响大家睡觉。"

中年妇女尴尬地向曾俊笑了一下，然后又掏出一个棒棒糖，塞到怀里那个孩子的嘴里。

这时，眼看打着手电筒的瘦子走了过来，曾俊赶紧将小女孩立在自己大腿上，用她的身体挡住自己的脸。等瘦子经过自己身边朝一旁走去，曾俊这才舒了口气，将手中的棒棒糖递给小女孩。小女孩接过棒棒糖，却先塞到了曾俊嘴里，让他咬了一口，自己这才开心地吃了起来。

瘦子在候车室里巡视一圈后，又走到检票口，对着一个警察说了几句什么，然后便和胖子一道离开了候车室。

曾俊悬着的心刚一放下，却突然觉得一阵倦意袭来，脑子有些昏昏沉沉，眼皮也变得沉重起来。曾俊想努力打起精神，可眼皮却越来越沉，最后终于支撑不住，闭上眼睛，靠着小女孩沉睡了过去。

曾俊是被候车室的铃声惊醒的。

他一睁开眼睛，发现怀里的小女孩不见了，身旁的中年妇女也没了人影。他站起身来一看，原来火车就要进站了，候车室里的旅客全部在检票口排队等待检票。

曾俊正想提起长椅上的行李，却突然觉得头重脚轻、四肢酸软、站立不稳，又跌坐在了长椅上。这是怎么回事？他觉得很奇怪，难道自己生病了？坐到这个长椅之前，自己还好好的，怎么可能一下就生病了呢。他朝检票口的队伍中望去，只见那个中年妇女此时正站在队伍中，两个小孩，一个抱着一个背着，都睡熟了！

他们也都睡着了。曾俊再次支撑着站起来，却一下看到了掉在

地上的棒棒糖。他似乎一下明白了什么，难道是这个棒棒糖有问题？

想到这里，他脑子突然一亮，刚才中年妇女说两个小孩是姐弟，但这两个孩子看上去年纪相差不可能有一岁，而且相貌也根本不像，怎么可能是姐弟呢？还有那个中年妇女，她看上去比自己还紧张，而且只要孩子一闹，就塞给他们糖吃，然后孩子就会睡着。

再联想起最近报上频繁报道有小孩被人迷昏后拐走的新闻，曾俊险些叫出声来：难道这个中年妇女是拐卖儿童的人贩子？

曾俊被自己的猜测吓了一跳，如果真是这样，孩子一旦上了火车，就不知道会被卖到哪里。那孩子的父母该多着急？不行，在没有查明她的身份之前，不能让她把孩子带上火车。

正想着，那中年妇女又朝前面走了几步，眼看她距离检票口就只隔着两个人了！

曾俊不知道哪里来的勇气，他丢下行李，疾步挤过人群，冲到中年妇女身后，一把抓住她的手臂，低声问道："你想把孩子送到哪里去？"

中年妇女转头一看，诧异地问道："你说什么？"

"这两个孩子不是你的吧？"曾俊盯着中年妇女，一字一顿地说道："和我一起悄悄把孩子送回去，我不会报警。"

"你胡说什么？"一听这话，中年妇女顿时一阵慌乱，一把甩开曾俊的手，拼命朝前挤去，前面还有一人，她就可以通过检票口了。

曾俊一咬牙，伸手将中年妇女死死拽住，大叫起来："把孩子放下来！"他的声音让所有人的目光都聚集了过来，检票口那个警察也注意到他们，立即跑了过来。

警察过来一问，原来争执的两人都声称两个孩子是自己的。于是，警察便将两人带到了车站派出所进行调查。经过审讯，确认中年妇女是个人贩子，这两个孩子是她分别从两个小区用沾了迷药的棒棒糖拐来的，正准备乘火车运到外地去卖。

当警察查看曾俊的身份证时，惊讶地说："曾俊？难道你是那个欠债想藏起来的人吗？"曾俊点了点头，平静地答道："是我，不过我现在不想藏了。我会想办法把钱还给他们的，不管用多长时间。"说完这话，他觉得心里一下轻松了许多。

原来，曾俊两年前从朋友那里借了十几万做生意，可没想到因为经营不善，工厂破产没法还朋友的钱，连妻子也因此离开了他。眼看自己无力还债，曾俊决定一走了之。而那一胖一瘦两个汉子都是曾俊的债主，他们听说曾俊想逃走，赶来想截住他。他们本以为曾俊已经逃走了，在他们打算离开车站时，没想到曾俊会自己出现，并向他们保证一定会还钱。

几天后，曾俊真的将自己的房子卖了出去，还了一部分债。接着他又到运输公司找到一份跑长途的活，开始老老实实地干活，凑钱还债。

许久之后，有人问曾俊："你只要不跳出来揭穿那个人贩子，完全可以逃掉的，为什么要暴露自己呢？"

曾俊一直不知道该怎么回答这个问题。他只记得，在他走出派出所时，看到那个刚刚苏醒过来的小女孩正对着他一边做鬼脸，一边唱道："迷藏，迷藏，无处可藏……"

"你看，游戏中每个人都希望自己藏的时候没人能找到。可有时候，明明藏得好好的，你却不得不自己跳出来。迷藏，迷藏，藏一下没关系，别藏得迷失了自己就好。"讲到这里，大胡子长叹一声，然后自顾自喝起酒来。

小伙子半天没有说话，过了许久，他才将手中的杯子斟满，喝了一大口，然后对大胡子道："好吧，我也给你讲个捉迷藏的故事。"

三、小伙子讲的故事

有三个从小一起长大的伙伴，一个叫姜峻，一个叫林旭，一个叫陈超。他们在高考完的第二天，相约去山林里露营。到了山上，三人找了一块平地，把帐篷支了起来，然后燃起篝火，拿出事先准备好的食物开始野餐。

天很快黑了，月亮升上山顶，把周围照得一片透亮。这时，不知道谁突然提议大家来玩小时候最爱玩的捉迷藏。说到捉迷藏，林旭是高手，他第一个跳起来表示赞同："好！你们藏，我来捉。反正不管怎么藏，我都能捉住你们。"说着，扯下脖子上的领带就蒙在了自己的眼睛上，然后便开始数数。

其实，林旭以前之所以总能在捉迷藏中捉住别人，是有诀窍的。他每次都把蒙眼布系得靠上一点，这样就能从蒙眼布下面的缝隙中看到眼前一点点的地方。这次，他同样看到姜峻和陈超一个躲到了帐篷后面，而另一个则藏到了树林里的一棵大树后。

两人刚一藏好，林旭已经数到了"十"，接着，他一边唱着："迷藏，迷藏，无处可藏……"一边往帐篷后面走了过去。

就在快走到帐篷旁边时，林旭从遮眼布下的缝隙中看到前面的地上有一双脚。林旭料定站在自己前面的不是姜峻就是陈超，于是轻轻往那双脚靠了上去，可那双脚却慢慢往后退。林旭以为这是朋友在和他开玩笑，便跟着那双往后退的脚往前走。

那双脚似乎故意在逗林旭，当他想扑上去时，那双脚总能迅速地躲开；而林旭一旦站在原地，那双脚也会停下来等他。就这么走走停停，林旭感觉已经走了好长一段时间，他都没能将对方捉住，终于他忍不住要认输了。

"好了，你胜利了，我认输！"林旭说着，伸手去揭遮住眼睛的领带。就在这时，他突然听到远处传来姜峻和陈超的喊声。

难道眼前这人不是姜峻或陈超？林旭一惊，急忙一边答应，一边一把扯下蒙在眼睛上面的领带，抬头望去。可令他惊异不已的是，眼前不但一个人影也没有，而且自己正站在一座坟堆边上！

"林旭，你跑到那里去干什么？"随着喊声，姜峻和陈超从远处的树林中跑了过来。刚才引着自己跑到这里来的并不是姜峻和陈超，而是另有他人。这人会是谁呢？怎么可能一下从自己眼前消失了呢？

林旭正在纳闷，姜峻和陈超已经跑到他的跟前。

"你怎么跑到这里来了？"姜峻和陈超说，他们藏起来后，还听到林旭往他们藏的地方走去，可一会儿却听到他的脚步声越来越远。刚开始他们还以为是林旭故意引他们出去，便没有理会。可过了很久都没有听到声音，他们从树后钻出来，往空地上一看，根本就没有林旭的人影！这下才突然觉得有些害怕，赶紧大声呼喊起来。等他们听到林旭的声音跑过来时，只看到林旭一个人呆呆地站在坟堆边上了。

林旭觉得有些疑惑，他低头看了看姜峻和陈超的脚，发现他俩穿的鞋子果然和自己刚才看到的不一样："难道是我自己跑过来的？"

"算了，也许是你看花眼了。"听林旭说完事情的经过，两个好友拉着林旭回到了帐篷边上。

因为刚才的意外，大家都没有心情再玩捉迷藏，三人喝了带来的牛奶，便分别钻进了各自的帐篷睡觉去了。

林旭刚闭上眼睛，迷迷糊糊地正要睡着，就感觉刚才看到的那双脚又出现在自己眼前，他想扑上去，脚下却一绊，摔倒在了地上。林旭一惊，醒了过来。原来刚才自己居然做了个噩梦！其实，林旭以前也总爱做关于捉迷藏的梦。梦里，他总是被人蒙住眼睛推来推去。每次他跌跌绊绊地正要抓住别人，就会摔倒在地

惊醒过来。

醒过来的林旭打算坐起来，却突然发现自己的双手被绑在了身后，眼睛也被黑布蒙了起来。

林旭立即大声喊道："姜峻！别开玩笑了，快把我解开！"姜峻最喜欢开玩笑，肯定是这小子在胡闹。

"我也被捆住了！眼睛也被蒙上了，看不到你们啊！"姜峻的声音里充满了恐惧。

他的话音未落，陈超的声音也传了过来："我也被绑住了！是谁干的，快放开我！"

一向胆大的林旭有些害怕起来，他们三人都已经被人捆住，并蒙上了眼睛！看来这里不但还有其他人，而且对方显然不怀好意！

"你是谁?"林旭怒吼道。

林旭的话音刚落，就感觉有人轻轻地走到了他的身后，抓起他被绑住的右手，在他的手心上画了起来。对方在他的手心里画的是一个心形，林旭突然明白对方要做什么了。

"猜猜我是谁"是林旭他们小时候玩的一个游戏。每次捉迷藏失败的人都要被蒙住眼睛，让其他人在手心写下名字中的一个字，以此猜测写字的人是谁。如果猜中便算赢，猜不出来便要接受严厉的惩罚。在手心中画一个心形，便表示游戏开始了！

"你是姜峻！"林旭仍然认为这一切都是姜峻开的玩笑。可话音刚落，"啪"的一声，他的手心便被狠狠地敲了一下。他猜错了！

"难道是陈超?"刚一说完，他的手心又挨了一下。

"那你是谁?"林旭的手心已经被打得麻木了，他不顾一切地叫道。

对方显然没有被林旭的吼声吓住，依然是不紧不慢地拉过他的手，一笔一画地在林旭的手心上写了起来。

第一个字是个"赵"字，接着第二个字是"亮"字。"赵亮！"

林旭惊得脱口而出!

对方在他的手心点了两点,表示他的猜测是正确的。

"赵亮?赵亮不是已经死了吗?"林旭感觉额头的冷汗滚了下来。对方又在他的手心点了两点,这时,林旭才突然感觉到,对方的手是那么的冰凉,似乎根本就没有一丝体温!

赵亮也是林旭他们三个小时候的伙伴。那是在小学一年级的时候,赵亮跟着妈妈搬到了林旭他们住的院子里。赵亮傻乎乎的,成绩也不好。据说是因为小时候发烧将脑子烧坏了,成了智障。而他的爸爸也正是因为他这个傻儿子才离开了他们母子的。赵亮来了以后,刚开始经常跟着林旭他们一起玩,可只过了一年,他便越来越少出门,没多久他妈妈便带着他离开了。

半年前,林旭他们在报上看到一条关于一个智障少年遭遇车祸的新闻,而新闻配发的照片上竟然就是正在哭泣的赵亮妈妈,大家才知道赵亮跟着妈妈离开后,搬到了一个小山村里居住。有一次,赵亮在路旁玩耍时,被经过的汽车轧死了。

对,那条新闻里面说的车祸的地点不就是在这个山村附近吗?林旭觉得双腿一软,跌坐在地上,说不出话来。

这时,他又听到那人朝陈超所在的方向走去,没等多久,就听到陈超恐惧的惊叫声:"不!你不是赵亮!赵亮不是早就死了吗?"原来,那个人又走到了陈超那里,和陈超玩起了"猜猜我是谁"的游戏。

陈超的叫声还没有停下来,那脚步声又朝姜峻走了过去。

那人很快走到了姜峻所在的位置,姜峻突然大叫一声:"不要过来!"接着便朝林旭这边奔了过来。

糟糕!这可是在山林里,姜峻又看不见,可别摔下山崖去!林旭想站起来拦住姜峻,可双手被绑在身后,根本站不起来。没等他多想,姜峻已经跑到了他跟前,被他一绊,摔倒在了他身上。

　　林旭立即舒了口气，幸好姜峻是摔在他身上，要是摔在石头上，后果简直不堪设想。更幸运的是，姜峻倒下来的时候，被绑住的双手正好摔在林旭的脸旁。

　　"别动！"林旭低声吩咐道，然后急忙将脸往姜峻的手上凑了过去。姜峻也一下明白了他的意思，也将双手朝他的嘴上挪了过来。很快，林旭的嘴便咬住了绑在姜峻手上的布条，他使劲扯了几下，布条很快被扯裂，姜峻的手从布条中脱了出来！

　　"快，解开我！"林旭话音未落，姜峻已伸手过来解开了捆住林旭的绳索。腾出双手的林旭一把扯掉眼睛上蒙着的黑布，睁眼向四处望去。

　　只见空旷的山地里，除了自己和姜峻，还有一旁双手被绑、眼睛被蒙、坐在地上挣扎的陈超，就再也没有一个人影了！

　　刚才和大家玩"猜猜我是谁"的人哪里去了呢？三人感到一种前所未有的恐惧。他们顾不上去猜测这藏在暗中和他们玩游戏的到底是谁，赶紧收拾起帐篷，打算马上转移到不远处的山村里去。

　　三人燃起两个火把，寻着道路往山村的方向走去。

　　就在这时，他们突然听到不远处依稀传来一阵轻微的吟唱声："迷藏，迷藏，无处可藏，我捉迷藏，一个难逃。"《迷藏歌》！三人都对这首儿歌再熟悉不过了，小时候大家玩捉迷藏的时候，都爱唱这首儿歌。可这山林中是谁在唱这首儿歌呢？

　　三人举着火把，向歌声传来的方向望去，只见前方不远处是刚才那座坟堆，而坟堆前面立着的墓碑上赫然写着一个人的名字——赵亮！

　　这竟然就是赵亮的坟墓！

　　就在这时，一个黑影唱着儿歌从坟墓旁走了出来！

　　"鬼啊！"三人大叫一声，跌跌撞撞地便向山下跑去。

　　三人一口气跑出了一里多路，这才停下来喘气。此时，火把早已不知道扔到了什么地方，而他们因为慌不择路，不但离山村越来越远，还跑到了一个悬崖边上！

而那个从坟墓旁冒出来的黑影，却唱着那首《迷藏歌》尾随而来，离他们越来越近了！而在那个黑影的身后，竟然又悄无声息地冒出几个黑影来！

"怎么办？"林旭也觉得脑子一片空白，他一直不相信这世界上有鬼，可这晚发生的事情确实太超出他的想象了。

这时，只见后面的几个人影突然冲上几步，奔到那个唱着《迷藏歌》的人影身旁，一下将那人影紧紧抱住。紧接着，有人打开了手电筒，朝林旭他们照了过来。

"孩子们别怕，我们是那边村里的村民。"说话的是一个老汉，他用手电筒照了照他身边几个人，林旭这才发现那个一直追着他们跑到这里的，是一个披头散发的中年妇女！而她竟然就是赵亮的母亲！

老汉没有看出他们惊讶的表情，继续解释道："这个女人是我们村里的，自从她儿子死了以后，她就疯了。刚才我们发现她不见了，知道她跑到这里来，便赶紧来找她……"

原来，当年赵亮母子离开林旭他们所住的院子后，便来到这个山村。很快，大家发现赵亮从来不和别的孩子一起玩耍，甚至只要有人靠近，他都会害怕得躲起来。只有晚上，赵亮妈妈做完事情回来会陪他玩一会捉迷藏。

有一天，赵亮妈妈去城里办事，天黑了还没有回来，赵亮便一个人到马路边去等妈妈，却不幸被酒醉驾驶的司机撞死了。赵亮妈妈受不了这个打击就疯了。

从此以后，每到月夜，赵亮妈妈便会唱着那首《迷藏歌》跑到赵亮的坟地，去陪"儿子"玩捉迷藏！也许，在她的意识里，她的儿子还没有死吧。

听到这里，林旭朝赵亮妈妈的脚上看去，果然和自己看到的那双脚一模一样！原来这一晚和大家玩捉迷藏的竟然是赵亮的妈妈！林旭的心里突然有种说不出的心酸。

第二天一早，林旭叫上姜峻和陈超来到山上，砍了整整三大捆柴，堆放在赵亮妈妈的屋前。临走之前，沉默了许久的林旭突然扑通一下跪在赵亮的坟前，对着坟墓道："对不起，赵亮！真的对不起！"

接着，林旭转身望着姜峻，道："姜峻，我已经明白了，赵亮的死，都是我们当年的无心之错。这就是你故意把我们带到这里来露营，并让我们和赵亮妈妈一起玩捉迷藏的目的吧？"

"你说什么？"陈超惊叫起来，"你说这一切都是姜峻安排的？"

"对，都是我安排的。"姜峻平静地答道，"当我得知赵亮和他妈妈这些年的遭遇时，我为自己当年对他所做的一切感到自责。我想，你们也和我一样，都欠他一句对不起！"

姜峻接着对林旭道："你不是也一直被那个捉迷藏的噩梦所困扰吗？那正是童年无意中的伤害留下的印记。只是，你所受的伤害并没有赵亮严重。而对智障又是单亲的赵亮而言，那些伤害却让他永远害怕与人接触，成了彻底的孤独者。"

许多年前，那时被蒙住眼睛玩捉迷藏的赵亮总是被大家捉弄，不是故意将他引到池塘边看着他掉进水里，就是在他的脚下扯上绊绳让他摔得满脸是血，引得大家哈哈大笑。甚至在蒙住赵亮的眼睛后，大家一起悄悄离开，让傻乎乎的赵亮坐在那里等到天黑。每一次，大家都想出各种办法来捉弄赵亮。而在赵亮到来之前，被捉弄的是林旭。不同的是，林旭还可以回家向父母倾诉，而傻乎乎的赵亮甚至连自己身上的伤是怎么来的都说不清楚。于是，虽然喜欢玩捉迷藏，但赵亮还是越来越少出来玩了，直到有一天，他和母亲一起悄悄地离开了。

姜峻说，如果直接告诉大家，是当年的玩笑导致了赵亮的悲剧，大家一定不会相信。所以他故意把大家约到这里来露营，让大家陪赵亮妈妈玩一次捉迷藏，体会一下当年赵亮被蒙住双眼后恐惧而又孤立无助的心情。

"不过，和大家玩捉迷藏的一直是发疯的赵亮妈妈，我只是为了配合她完成这个游戏，在你俩的牛奶中放了一些安眠药，并在你们睡熟的时候，把你们的手捆起来，眼睛蒙起来。"姜峻的话说到这里时，三个人一起向赵亮的坟墓深深地低下头去。

从此以后，三个人便定下了一个协议：三人轮流每周来照顾赵亮妈妈，为她购买生活用品、洗衣、打扫卫生……

四、故事背后的故事

听到这里，大胡子紧皱的眉头舒展开来。他举起酒杯在小伙子的杯子上一碰，赞道："是个好故事！来，干一杯！"

小伙子将杯子凑到嘴边轻轻抿了一口，然后问道："我的故事讲完了，现在可以告诉我你捉迷藏能够百战百胜的秘密了吧？"

大胡子哈哈一笑道："好好好，其实，我那个故事还有个结尾。"

他说着便讲了起来："曾俊每天都努力挣钱还债。突然有一天，一个盲女来到他家。她手里牵着的正是当初被拐卖、在车站和曾俊玩捉迷藏的那个小女孩。原来，她是小女孩的妈妈。她在生下女儿后不久丈夫就过世了，她独自带着女儿生活。正是因为她看不见，那天才让人贩子有机可乘，将女儿拐走了。后来她多方打听，才找到曾俊的住所，她要亲自向他道谢。"

讲到这里，大胡子突然变得腼腆起来："因为爱捉迷藏的小女孩，两个都独身的男女越走越近，终于成了一家人。因为妻子是盲人，每天晚上，女儿一睡，曾俊家里都不会开灯。曾俊要让自己和

妻子一样处于黑暗中，仅仅利用听力去感受对方。慢慢地，他也像盲人一样，训练出了异于常人的听力。而在两人的齐心协力下，曾俊也渐渐还清了所有欠债。"

"哦，你就是故事里面的那个曾俊！"小伙子恍然大悟，"你之所以蒙上眼睛能轻易找到我们，是因为你根本就不用眼睛，而只需要用耳朵便可以洞悉一切！"

大胡子点了点头，会心地一笑，对小伙子道："如果我猜得不错，你应该就是你故事里面那个姜峻？"

小伙子微微一笑，算是承认了。

沉默了片刻，大胡子端起酒杯，问道："小伙子，你是出门玩吗？"

小伙子摇摇头，犹豫了片刻，答道："不，我去办一些事情……"说着，小伙子看了看桌上的一大口袋各种生活用品和几瓶药，似乎有些欲言又止。他见大胡子身边还有一瓶啤酒还没有喝，便伸手抓过来，就要往杯子里倒。大胡子赶紧一把夺了过去："小伙子，这酒就不要喝了，再喝就出不了门了。"说到这里，他盯了盯小伙子说："该办的事情就快去办吧，明天我还在这里等你，我们爷俩再一起喝酒。"

小伙子点了点头，提起桌上的那袋东西，大踏步朝远处走去。

望着小伙子的背影，大胡子将刚才那瓶酒倒在了地上。他知道那酒可不能喝，因为在和小伙子搭话前，他已经悄悄往这个酒瓶里面放上了安眠药！

昨天他在电视里见到一则社会新闻，有个地痞在欺负一个智障的乞丐时，一个路过的大学生上前制止。在争斗的过程中，大学生失手将那个地痞刺成了重伤。那个大学生刺伤人后迅速逃跑了，警察估计他很有可能逃进了九龙山一带藏了起来。

大胡子在餐馆看到那个小伙子的时候，发现他的相貌、年龄、衣着都和当时目击者讲述的那个大学生一模一样，便先在一瓶啤酒中下了药，打算先以讲故事的手法劝说小伙子回去投案自首，如果他真想逃跑，便借机迷昏他。

但在小伙子的故事中，他明白了小伙子为什么要刺伤那个地痞，也明白了小伙子并不是想逃跑，而是需要先去完成照顾赵亮妈妈的责任。他相信这个小伙子一定会听他的劝说，去投案自首的。

第二天傍晚的时候，小伙子回到了餐馆，而大胡子真的还在这里等他。两人又一起喝了一顿酒后，大胡子便开车载着小伙子朝县城公安局的方向而去。

第三辑　铁证悬案

扑克血案

一、此处禁止玩牌

秦坤没有想到，居然有人敢把他的扑克扔进了垃圾桶里！他是公安局刑侦队的副队长，这几天利用公休假到郊区的度假村休养。昨天他来到度假村后，竟下起了暴雨，引发的泥石流阻断了进山的公路，电线和电话线也被大风刮断了，大伙儿只得缩在度假村里睡觉。

秦坤是个闲不住的人，吃晚饭的时候，他打算召集几个人来玩扑克。没想到，他刚把扑克拿出来，就被人从身后一把夺了过去，扔进了垃圾桶里。

那人是度假村的老板蒋伟，他冷冷地说："这里禁止玩扑克！"说完就转身离开了。

秦坤正在生气，又有人在他背后轻轻地拍了一下，说："我房间里有扑克，到时候我来叫你吧。"

秦坤回头一看，是个三十来岁的小伙子。小伙子意味深长地笑了笑，就走开了。

吃过晚饭，秦坤待在房间里等那个小伙子，可直到他支持不住，迷迷糊糊地睡了过去，也没有人来找他。

天亮后，秦坤刚走出房间，就看到走廊上挤满了人。大家都朝411房张望，房门口站着两个神色凝重的保安，他们把众人拦在了

外面。

"发生什么事情了?"秦坤走过去问。

"有人被杀了!"保安说。

秦坤急忙将警官证一亮,挤了进去,两个保安把他放进了房里。这时候,蒋伟也闻讯赶来了。

在房间里,秦坤见床上侧身躺着一个男子,一把利斧砍进了他的后脑勺里,血把雪白的床单都染红了,四周还散落着许多张扑克牌。秦坤走到床前认真查看,死者正是昨晚约他玩牌的小伙子。此时,小伙子衣着整齐,两眼圆睁,左手捏着一缕布条,右手的食指上蘸满了鲜血。顺着右手指的方向看去,前面的床单上有一个没有写完的血字,像是"丁"。显然,死者临死前想写下一个字,可还没有写完就咽了气。

房间的窗户从里面关得好好的,房里也没有搏斗过的痕迹。看来,凶手应该是死者认识的人。从散落在地的扑克看,凶手很可能是被死者邀来玩牌的。

蒋伟说,411房的这个客人叫赵波,他三天前独自来到度假村。今天早上,打扫卫生的服务员敲了几次门都无人答应,就用备用钥匙打开门,没想到一进去就发现了尸体,保安就马上赶过来封锁了现场。"我早说过,在度假村里绝不能玩扑克,这些人就是不听……"蒋伟嘀咕道。

"你说什么?"秦坤急忙问,"为什么在度假村里不能玩扑克呢?"

二、红桃同花顺

蒋伟往左右看了看,低声说,半年前的一天晚上,几个客人在度假村里连续玩了十几个小时扑克，其中一人突然死在了牌桌上。据说他当时已经输了不少，可在玩最后一局时却异常兴奋，不停地叫着"红桃同花顺"。可发了一张牌后，他两眼一瞪，捂着胸口就倒在了牌桌下。等大家把他扶起来时，他已经没气了，手里还死死地攥着一张红桃10。因为攥得太紧取不下来，那张红桃10和他一起进了火葬场。

"当然，他可能是太激动引发了心肌梗塞，不算是什么稀奇事。其实，不准在度假村里玩扑克还是因为后来发生的事情……"蒋伟的神情变得惊恐起来，"那人死后不久，不断有服务员反映，他们每次在晚上玩扑克，都会听到窗外有人在低声喊'还我的红桃同花顺'，可打开窗户后，外面又什么人都没有，整个度假村一时间人心惶惶的。"

蒋伟说他刚开始也不相信，可好几个服务员和保安都说听到过喊声，他们也吓得相继辞职离开了度假村。目前这些服务员和保安都是刚招聘来的，为了避免出事，蒋伟再也不准他们在度假村里玩扑克了。

"怎么会有这种事情！"秦坤历来不相信鬼神之说，他转身叮嘱两个保安不要把刚听到的话传出去。

蒋伟接着解释："我怕大伙儿害怕，一直都不敢说，也是刚看到地上散落的扑克，我才想起了这件事。还好，有秦警官在，一定可以找出凶手……"

秦坤掏出手机想报警，这才发现根本没有信号。固定电话打不通，道路也阻断了，外面的警察不知什么时候才能进来，而现在是夏季，气温很高，死者的尸体显然不可能等警察来了再处理。

秦坤想了想，就拿出了相机，对凶案现场进行拍摄。他收集了相关物证后，就让保安把赵波的尸体抬到后山掩埋。一直忙到傍晚，他也顾不上吃晚饭，就回到自己的房间里分析现场照片。

床单上那个用血写成的符号引起了他的注意。看上去，这是一个字的第一笔。秦坤在手心画了起来，先写了一个"于"字，又写了一个"丁"字。他摇了摇头，这两个字都不应该先写竖勾。突然，他眼睛一亮，跳了起来："一定是'小'字！"

秦坤赶紧跑出去找到了蒋伟，要度假村的住宿登记簿和员工登记簿。如果没猜错，杀死赵波的凶手的名字一定就在里面。

蒋伟把两本登记簿摆在了秦坤的面前，秦坤很快就翻完了，只有一个叫"钱小斌"的客人的名字里有一个"小"字，他正好是和赵波同一天来到度假村的。

看来，赵波和钱小斌很可能认识。在"钱小斌"这三个字中，不论是"钱"字还是"斌"字都太过复杂了，赵波意识到自己快支持不住了，完全有可能选择笔画最少的那个字来写，不过，他连"小"字都没有写完就咽了气。

"蒋总，快！我们一起去找这个客人。"秦坤让蒋伟带路，朝钱小斌所住的413房跑去。

三、又是一张牌

来到413房，蒋伟敲了敲门，见没有回应，就用备用钥匙打开了房门，里面果然一个人都没有。"看来钱小斌真的是凶手，他已经逃跑了！"蒋伟不由得紧张起来。

"别急，他跑不了的！"秦坤说，"进出度假村的道路已经阻断了，没有人能出去，他一定还藏在度假村里！"他让蒋伟把客人全都请回房间里，并派一个保安来回巡逻。他带着蒋伟和另一个保安挨个房间搜查起来。天已经完全黑下来了，他们靠着两支手电筒，搜查进行得非常缓慢。

　　搜查完所有房间，蒋伟突然想起，山坡上还有一间娱乐室。禁止玩牌后，娱乐室就被锁起来了，那里地形复杂，钱小斌会不会躲进去了呢？于是，他领着秦坤和保安往山坡上走去。因为刚下过雨，山路又滑又陡，走在前面的蒋伟一不小心把脚扭了。

　　"凶手要是听到动静跑了，那就糟了。"见自己的脚一时动不了，蒋伟就让秦坤先沿着山路往上走，自己歇一会儿再跟上去。

　　秦坤给蒋伟留下了一支手电筒，自己带着保安朝山上走去。又走了十多分钟，前面出现了一间小房子，显然就是蒋伟所说的娱乐室了。房子里黑黢黢的，秦坤小心地推开房门，电筒光刚照进房里，就看到地上盖着一张白色的桌布，桌布的边沿伸出了两条腿来！

　　桌布下面有人！秦坤扑上前，一把扯开了桌布，只见地上仰面躺着一个三十来岁的男子。他的右手放在胸口上，而左手却握在一把从他的左太阳穴刺进了脑袋里的匕首上，周围也散落着许多扑克牌！

　　秦坤一摸那人的鼻孔，发现已经断气了，身体却还是热的。看来，这人刚死去没多久。

　　凶手一定还在附近！可房里只有一张牌桌和四把椅子，根本藏不下一个人。秦坤正想四处查看，却见蒋伟一手打着电筒，一手拄着一根树枝，一瘸一拐地走了上来。

　　见到房里躺着的尸体，蒋伟吓了一跳。他告诉秦坤，死者正是他们要找的钱小斌！"可是，他怎么跑到这里来自杀了呢？"

　　"不，他不是自杀！"秦坤肯定地说，"我从来没有见过这么怪异的自杀方式！更重要的是，如果是自杀，他身上的白色桌布是谁盖上去的呢？"

　　说着，秦坤把盖在钱小斌尸体上的桌布拿开，铺在了地上。他发现桌布的一角有血迹，就让保安把手电筒凑过来，蹲下一看，只

见跟赵波临死时在床单上写的符号一样，死者也用手指蘸血在桌布上写了两点一竖，像是一个"丬"。

"这是什么字？是'壮'还是'将'呢？"蒋伟一边在手心写，一边猜测。

秦坤皱着眉头，死死地盯着那个符号。突然，他一把抓起那张桌布，将它提起来，翻到了另一面，重新铺在了地上。桌布上那个符号不但清晰了很多，而且变成了一个"K"！

"这才是血字的真面目！"秦坤兴奋地说，"它不是汉字笔画，而是一个字母，写的应该是'K'！"秦坤告诉蒋伟，自己揭开白布时，无意中将它翻到了背面，加上血字浸透了桌布，才将反面认成了正面。他自言自语："这个血字并不是死者写的，而是凶手写的，因为谁也无法在盖在自己身上的白布上写字！"

"可凶手为什么要留下这样一个字母呢？"蒋伟的话刚出口，又想起了什么，"我明白了，赵波的床单上写的也并不是什么'竖勾'，而是……"

"是大写字母'J'！"秦坤大声说。

蒋伟和保安都朝地上的尸体望去，他们显然看出了地上这具尸体的动作为什么那么熟悉，竟跟扑克牌红桃 K 上的人物姿势一模一样！蒋伟脱口而出："那个赵波死的模样，不就是红桃 J 吗？"

这一点，其实秦坤已经意识到了。两个凶杀现场，竟是两张扑克牌！

四、还差一张 Q

"红桃 K 和红桃 J……"一直没有说话的保安嘀咕了两遍，突然大叫，"那个死在牌桌上的人的鬼魂真的要凑齐他的'红桃同花顺'

啊!"说完转身就朝山下跑去。

见保安一下子跑得没了影,蒋伟叹了口气,无奈地看着秦坤。秦坤知道,所谓"红桃同花顺",就是红桃 10、红桃 J、红桃 Q、红桃 K 和红桃 A 五张牌组成的一副顺子,是一副很大的牌。红桃 J 和红桃 K 正好都在这副牌里,难怪保安会被吓坏。虽然秦坤不相信这两起命案是鬼魂所为,但如今只有一支手电筒,也无法查出什么,就和蒋伟一起把娱乐室的门关上,朝山下走去。

回到住宿区,他们见所有的客人都站在走廊上议论纷纷,显然那个保安已经把山上的命案告诉了大家。

一个客人迎上来问:"听说又死了一个客人,这到底是怎么回事?"不等蒋伟回答,他又厉声说,"那个什么'红桃同花顺',你为什么要瞒着我们?不是还差两张牌才能凑成'红桃同花顺'吗?是不是还会有人遇害?"

"请大家不要相信那些无稽之谈,今天两个客人都是被人杀死的,并不是什么鬼魂作怪。"为了让大家安心,秦坤亮出了警官证,"请大家回房间休息,今晚我会守在走廊上。"

所有客人都是住在住宿区的四楼。见秦坤是警察,客人们陆续回到了自己的房间里。秦坤把每个房间都检查了一遍,并把门窗关好,这才搬来一个椅子在走廊上坐了下来。他可以看到所有客房的房门,他相信,有他守在这里,绝对不会让度假村再出事。

所有房间里的蜡烛都陆续熄灭了,秦坤把这一天里发生的事情在脑海中梳理了一遍。最令他不解的是,钱小斌到底是谁杀的呢?从尸体的体温看,钱小斌应该是在自己和蒋伟上山时被杀的,可当时除了自己、蒋伟和那个保安外,度假村里的其他客人都在房间里,一步都没有离开,并没有作案时间啊!难道度假村里还隐藏着其他人?另外,凶手把被害者装扮成一张张扑克牌又有什么用意呢?

秦坤想了一夜也没有理出个头绪。这时候，天快亮了，客人们陆续走出房间，三三两两地朝餐厅走去。

秦坤也决定去吃点东西。他正要离开，突然意识到401房的客人一直没有出来。他上前敲了敲门，没有人答应。他心里不由得咯噔一下：难道这个叫张桦的客人又出事了？

秦坤赶紧找来蒋伟，让他用备用钥匙打开房门。就在房门被推开的一瞬间，秦坤看到地上又散落着许多扑克牌，而张桦端端正正地躺在床上，两眼圆睁，惊恐地望着天花板。他已经僵硬的双手搯紧了自己的脖子，似乎正使劲将掐在脖子上的什么东西扯掉。

秦坤一摸张桦的鼻孔，果然已经没气了！就在这时，他发现白色床单的左上方画着一个红色的桃形，旁边还写了一个鲜红的"A"！

"这不就是红桃A吗？"不知道谁大喊了一声，立即引来了一阵惊叫。

蒋伟两腿哆嗦，带着哭腔问秦坤："你昨晚不是一直都在外面的走廊吗？"

秦坤的脑子里一片空白。是啊，自己昨晚把每个房间都检查过了，还关好了门窗，然后一直守在外面，甚至没有打过盹。到底是谁能潜进房间里杀人，还画下了这个红桃A呢？满地的扑克牌又从何而来？

秦坤又一次检查了整个房间。房间很小，只有一张床和一个小茶几、一把椅子，根本无法藏起一个人。窗户还是从里面关得好好的，而且这是四楼，不可能有人从窗外爬进来。难道真的有鬼魂？

秦坤觉得客人们越来越恐慌了，谁不害怕自己会成为"红桃同花顺"还缺的那张红桃Q呢？

蒋伟显然也是忧心忡忡。午饭过后，他跑来找秦坤，打算晚上把度假村里的人都集中到一间大会议室里。如果遇到什么事情，大家也好互相照应。

秦坤觉得这主意不错，客人们也纷纷表示赞成。吃过晚饭，大家就全部集中到三楼的会议室里。

五、最后一张牌

也许是因为恐惧，直到深夜，会议室里的人都还没有睡意。大家都在议论这几天的命案，期盼道路早日修通，尽快离开这里。

秦坤绕着会议室外的走廊巡查了一圈，这才放心地坐到角落的椅子上，打算稍微打个盹。也许是这几天太疲倦了，他居然一下子就睡着了。在梦中，他看到一张红桃 Q 向他飞了过来，正想伸手去抓，却发现天上落下更多的扑克牌……他一下子惊醒过来。

这时候，一个站在窗口的客人惊叫："你们看，那里怎么会有灯光啊？"

秦坤马上跑到窗口，顺着那人手指的方向望去，只见对面小屋的窗户里果然透出了一丝微弱的光亮。

"那里一定还有人！"大伙儿都围了上来，朝小屋望去。那是一间堆放杂物的屋子，距离会议室有几十米远，中间隔着一片水塘。透过宽大的窗户，可以看到一个披着长发的女子端着蜡烛慢慢地走到窗前。她将蜡烛放在窗台上，又搬来了一个凳子放在房间的中央。她站到了凳子上，拿出了一根绳子，搭在了房梁上，然后将绳子的两端一挽，结成了一个绳套，又拽了拽，将自己的脖子往那个绳套套去！

"天哪，那人要上吊！"大伙儿都惊呼起来！那女子已经把脚下的板凳蹬翻，整个身子挂在了绳套上。她的腿蹬了两蹬，身子就垂

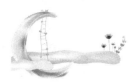

了下去。

两个客人反应过来，马上转身朝门口冲去，可门竟被卡住了，半天也打不开！秦坤看到那女子放在窗台的蜡烛被风吹灭了。"快，再晚就没救了！"说着，他拉开了正在推门的两人，一脚狠狠地踹在了门上。

门被踹开后，秦坤领着几个小伙子冲到门外，看到那间小屋里又有了光亮，又有一个人拿着蜡烛跑进了屋里。

是蒋伟！只见他把手里的蜡烛放在窗子旁边，跑到了上吊的女子跟前，抱着她的腿要把她救下来，但是他所站的位置太低了，努力了几次都没能成功。

秦坤见情况紧急，就和几个小伙子飞一般地跑下楼去。可当他们跑到楼下时，却见小屋突然起火了，火势越来越大，很快就蹿上了屋顶。

"糟糕，蒋伟还在里面啊！"秦坤他们心急如焚地绕过水塘，跑到了小屋的前面。火势已经大得让人无法靠近了，大伙儿眼睁睁地看着小屋在劈劈啪啪的燃烧中塌了下来。

就在这时，不知谁嘀咕道："红桃 Q 上不就是一个女人吗？还有那个上吊的绳套，看上去就是一个'Q'啊！"

此话刚出，旁边就有人赞同："是啊，看来红桃 Q 是应验在这个上吊的女子身上了，只可惜蒋老板白白搭上了自己的性命！"

众人正在叹息，只听水塘中传来了一阵微弱的声音："拉我一把……"顺着喊声望去，只见蒋伟全身浸在水塘中，只露出了脑袋。他双手拽住了塘边的水草，想朝岸上爬。

秦坤立即跑上去，和几个小伙子一起把蒋伟拉了上来。

蒋伟说，他刚才在会议室里清点人数，发现少了一个服务员。他本想叫上秦坤一起去找，但看到秦坤正在睡觉，就没有打搅，自己点着蜡烛下了楼。他围着住宿区转了一圈，也没有找到那个服务员，正想上楼，却看到了小屋里那个女子上吊的情景，急忙点着蜡烛跑了过去。进屋后，他放下蜡烛就去救人，没想到蜡烛突然被风吹倒了，掉到了窗下沾满油污的旧桌布上，立即把屋子点燃了。

"唉，我本来是可以救她的！"蒋伟叹了口气。他告诉大家，由于火势越来越大，房子马上就要坍塌了，他只得转身跑出了屋子。因为身上的衣服已经着火了，他就一头扎进了水塘里。

等蒋伟稍微休息了一阵，秦坤问："那上吊的女子就是你要找的服务员吗？"

蒋伟点了点头："那个女子叫吴娟，是几天前才来应聘的。因为还在试用期，在员工名单上并没有她。大家进会议室时，我按员工名单点名，就把她给忘了。等想起她时，我就立即去找了，没想到还是迟了一步……"蒋伟又叹息了一声。

"这么说，你也不清楚这女子的情况？"秦坤问道。

蒋伟摇了摇头，拿起了一支手电筒，对秦坤说："我们可以去她的宿舍看一看，也许能找到一些有用的线索。"

六、是谁在发牌

蒋伟把秦坤领到了靠近后山的一间小屋里，一边打开房门，一边解释道："这女子来找工作时，说自己睡眠不好，希望能住得清静一点，我就把她安排在这里了。"

说话间，两人进了屋。屋子虽然不大，却是干干净净的，被子叠得整整齐齐，有几件衣服挂在了衣架上，靠近窗户的桌子上还摆着一个牛皮纸信封。

秦坤把信封拿起来，从里面倒出了一个钱包和几张信纸。蒋伟

见状也凑了上来。

秦坤打开钱包，里面装着一张身份证、一张结婚证、一张照片和几张零钞。照片上是一个年轻漂亮的姑娘在灿烂地笑着。"原来她就是吴娟，真可惜啊。"秦坤拿起了身份证，证实了照片上的女子就是吴娟。

秦坤又拿起了结婚证，却发现结婚证竟是撕碎后再修补好的。当秦坤和蒋伟看到结婚证上跟吴娟依偎在一起的男人时，不约而同地叫了出来："这不是死在401房的张桦吗？"他们再仔细地看看结婚证，男方果然是张桦！

秦坤赶紧拿起了那几张信纸，这是吴娟写给一个"大哥"的遗书，谈到了自杀的原因。原来，吴娟跟张桦结婚没几年，张桦便在两个朋友的引诱下染上了赌瘾，变成了嗜赌如命的赌徒。因为赌博，张桦失去了工作，但他不知悔改，还把家里的房子和所有值钱的东西都输掉了。

吴娟虽然苦心劝过他，却没有一点效果。有一天，当吴娟迷迷糊糊地醒来时，发现自己竟一丝不挂地躺在两个陌生男人的身边。她这才知道，是张桦故意给她下了迷药，送到了两个赌友的床上，以此来偿还赌债。吴娟羞愤难当，决定一死了之。

在遗书的末尾，吴娟写出了那两个强占她身体的赌徒的名字：一个叫赵波，一个叫钱小斌。吴娟说，正是他们俩引诱张桦染上赌瘾的，自己就是变成鬼，也要找他们报仇！

蒋伟叹道："吴娟来我这里，原来是为了杀死她丈夫和那两个赌徒啊！可是，她是怎么杀掉他们的呢？"

是的，吴娟有杀人动机，可一个弱女子要想杀掉三个大男人，却并不容易。秦坤还在思考，蒋伟在旁边分析道："赵波和钱小斌的死很好解释，他们本来就认识吴娟。只要吴娟假装勾引他们，就可以趁他们不注意，用事先准备好的凶器杀死他们。因为员工名单上并没有她的名字，所以我们当初忽略了她。"

秦坤笑了："分析得有道理，看来你也可以当侦探了。"

蒋伟有点难为情地说："秦警官别取笑我了。你看，张桦是怎么死的，我就无法解释。"

"这一点我也想不明白，我一直在走廊上，吴娟不可能从我的眼皮底下钻进房间里啊。"秦坤皱了皱眉，拉开了桌子的抽屉，希望能找到点什么。抽屉里放着一张手绘的住宿区四楼的平面图。秦坤把图纸拿起来一看，在401房靠近外墙的地方，有一根铅笔画的弯曲的线条延伸到了楼下。

"这是什么？"秦坤指着那根铅笔线问。

蒋伟凝视片刻，说："大概是401房的空调管吧，她画这个干什么呢？"话音刚落，秦坤又从抽屉里找到了一个药瓶和一瓶糨糊。看了看药瓶上的文字，他恍然大悟，举起药瓶，大声说："我知道她是怎么杀死张桦的了！"

秦坤告诉蒋伟，床单上那个红色的"A"和桃形一定是吴娟事先就画在床单上的，然后她把床单上画有符号的部分折到下面，再压上枕头，在外面就看不到了。

至于那满屋的扑克牌，则是利用抽屉里这瓶并不是很浓的糨糊把扑克牌背面向下事先贴在了401房的房顶上。那天晚上，因为没有电，房间里的光线很弱，加上扑克牌的背面跟天花板的墙纸很接近，大家都没有注意到天花板上竟然贴有扑克牌。

张桦睡熟后，只要在无意间蹬几下脚，床单就会朝脚的方向移动，原本折在里面的符号就会露出来了。与此同时，如果有潮湿的空气从某个管道送进屋里来，那些黏得并不牢固的纸牌就会因为糨糊受潮失去黏性，纷纷从屋顶飘落下来。

"可是，她这样做的目的是什么呢？"蒋伟问。

秦坤微微一笑："是为了吓死张桦！"他分析道，"当然，前面两个杀人现场之所以要布置成扑克牌的场景，也是为了替最后这场'戏'作铺垫。吴娟一定是听说了度假村的恐怖传说，决定加以利用，故意让赵波和钱小斌的死看起来像是那个死去的赌鬼在作怪。这样，当张桦在睡梦中被从空调管道中传进来的某个模仿赌鬼索命的恐怖声音惊醒后，又看到了床单上的'血字'和天上飘下来的纸牌，一定会认为是那个鬼魂来索命了，自然会被吓个半死。"

"张桦这时候会发现，自己既不能动弹，又无法求救了。"说着，秦坤扬了扬手中的那瓶药，"这是网上非法兜售的强奸迷药，人一旦吃了，意识清醒却无法反抗。我想，吴娟一定是找机会悄悄地在张桦的晚餐里下了这种药。"

"张桦就是这样被吓死的？"蒋伟觉得难以置信。

"的确，这些还不足以把一个男人吓死。"秦坤又从抽屉中抽出了一张病历的复印件，在蒋伟的眼前晃了晃，"但是，如果这个男人本身就有心肌梗塞，在极度惊吓下，就会突然猝死了。张桦双手抓住自己衣领的姿势，旁人一般会认为他是在努力地把掐他脖子的手扯开。事实上，一个人因为心肌突然缺血，感觉窒息的时候，也会用这种姿势拼命地抓扯自己的衣领。"

"吴娟杀了这三人后，心愿已了，这才上吊自杀？"蒋伟明白过来了。

秦坤点了点头，对蒋伟说："走吧，把我们的发现告诉大家。"

七、真正的底牌

回到住宿区，两人把度假村里所有的客人和员工都召集到了会议室里，公布了他们发现的证物和对案情的分析。大家还一起来到

401 房，果然在天花板上找到了粘贴过扑克牌的痕迹，和被改装过并通往楼下的空调管道。

一切似乎都解释清楚了，既然杀人者已经自杀，这案子就没有必要再追查下去。又过了两天，堵塞的道路修通了，秦坤就回城了。

一路上，秦坤仔细地回忆着这个案子，虽然所有证据都无懈可击，可他总觉得有什么地方不对劲。有一天，他在收拾办公室的旧报纸时，突然在报纸上看到了一张熟悉的面孔——吴娟！

这是一则题为《无名女子自杀路旁》的报道，说在路旁发现了吃安眠药自杀的女性尸体，从身份证看，死者叫吴娟，配发的正是吴娟身份证上的照片。

这是怎么回事？吴娟不是在度假村里上吊自杀的吗？怎么会是在路边吃安眠药而死？秦坤的背脊一阵发冷，疑惑地再次拿起了报纸。这时候，他发现报纸上的日期竟是在自己去度假村的三个月前！原来，吴娟在三个月前就已经死了，那在度假村里杀人后自杀的人又是谁呢？难道……

秦坤眼睛一亮，顿时明白自己为什么觉得这个案子有些别扭了，是那张修补好的结婚证！一个对丈夫恨之入骨的人会撕掉结婚证，但绝不会又小心翼翼地粘好。有人把它粘好，显然是为了证明张桦和吴娟的关系。

当然，可疑之处还有吴娟那偏僻而特别整洁的房间，一个单身女人主动要求住在那里并不合情理，蒋伟居然同意了，这更不可思议。那里很可能根本就没有住过人！还有那些摆得整整齐齐，像是专门等着别人来发现的证据，以及那个突然变得聪明、引导秦坤去发现所有证据的蒋伟！

吴娟早就死了，杀人的是蒋伟！那场"吴娟"自杀的戏，只不过是为了把一切罪行都推到吴娟身上，以此洗脱自己杀人的罪名。

可是，钱小斌在山上的娱乐室被杀时，蒋伟不是在自己的身后吗？他是如何杀人的呢？还有起火的那个晚上，自己和其他客人都亲眼看到有个女人上吊，然后蒋伟才跑去救人的呀。如果吴娟早就死了，那个上吊的女人又是谁呢？

秦坤顾不上多想，马上驾车朝度假村奔去。到了度假村，他发现蒋伟早在一周前已经把度假村转让了。

度假村的新老板听说秦坤来了，就从柜台里取出一个纸箱，说是蒋伟留给他的。回到车上，秦坤打开纸箱，只见里面放着一根蜡烛、一个塑胶模特，还有一张度假村的完整地图和一封信。

看着那根特制的蜡烛和模特，秦坤终于弄明白了：那一晚，在屋子里上吊和救人的，其实都是蒋伟！他先带上假发，装扮成女子的模样上吊。当然，他不会真的吊自己的脖子，很可能是用双手从里面拽着绳子，而垂下来的"手"其实只是两只空荡荡的袖子。

所有的关键都在那根突然熄灭的蜡烛上。这根特制的蜡烛只有很短的一截，下面是其他物质，这样它会在特定的时间里突然熄灭，让人以为是风吹灭的。等蜡烛一灭，"上吊"的蒋伟就可以马上跳下来，换上早准备好的、穿着同样衣服的塑胶模特。然后，他自己跑到屋子外面点燃另一根蜡烛再假装进来救人。

蒋伟知道大伙儿看到这一幕后一定会来帮忙，所以他要烧掉那个假"吴娟"。他把手里的蜡烛投到浸了油的布料上，并迅速把布料引燃，烧毁屋子。为了让救援者不至于来得太快，他故意把这场戏的地点选在隔着水塘的杂物房，并把会议室的门卡住了。

至于钱小斌的死，秦坤也从那张度假村地图上发现了端倪。上山去娱乐室的路虽然只有一条，但这条路却绕了一个弯子。只要有人走直线穿越灌木丛，就可以大大节约时间了。那天晚上，蒋伟说自己扭了脚，而他停留的地方到娱乐室的直线距离非常近。看来，他是假装扭了脚，其实很快就穿过灌木丛来到了娱乐室，杀死了事前被捆绑在那里的钱小斌，又迅速退到山路旁边躲藏，等秦坤和那个保安进屋后他再走出来。

因此，蒋伟之前把所有保安和服务员换掉，并不是因为那个并不存在的"红桃同花顺"的传闻，而是为了实施这一系列杀人计划。他为什么要杀掉这三个人呢？他和吴娟又是什么关系？

最后，秦坤打开了那封信。信里没有称呼，也没有落款，只有短短的几句话："当你看到这封信时，说明你已经解开了所有的谜底。我之所以要说出这一切，是因为我相信你早晚会发现真相的。最后，我想告诉你，这三个赌徒之所以相约来度假村，却又假装互不相识，其实是为了以玩牌为名引诱其他客人赌博。我认为，是死去的吴娟故意让我得到这个消息，以便为她报仇。可能你已经猜到了，我就是吴娟遗书里提到的'大哥'。不过，我并不姓吴，蒋伟也不是我的真名。我究竟是谁，已经不重要了……"

"是的，已经不重要了！"秦坤把那封信往路旁的大河里使劲一甩，信纸就被激流卷了起来，很快沉到了河底。

铁证悬案

一、陈年悬案

扩音器里正播着音乐，江城交通电台《城市夜话》的主持人姚俊猛吸了一口烟，抬头看了看挂钟。已是凌晨零点五十分了，还有十分钟就可以下班。他把香烟往烟缸里一撳，对外间的导播作了个手势。

导播小刘把扩音器的音乐调至最小，姚俊凑到话筒前，用充满了磁性的声音说："各位听众，这里是交通电台《城市夜话》节目，欢迎大家继续收听。下面我们接听最后一个电话，看看这位听众有什么故事要和我们分享……"话音未落，话筒上的提示灯就亮了，显示有听众打进了热线电话。

"您好，我是姚俊。请问怎么称呼您？"姚俊问道。

"我今晚打这个电话，是想和大家讨论一个在江城轰动一时的陈年悬案……"这个男子的语速缓慢，显得很镇定。

姚俊问："您想跟我们分享什么？"

电话那头一字一顿地说："我想说的，就是十年前在江城大学发生的女大学生碎尸案！"

女大学生碎尸案？姚俊突然觉得脊背发凉，已经十年了，这个一直缠绕着江城人的梦魇竟在这个黑夜里被人重新提起！

十年前，姚俊刚到江城交通电台上班，就住在江城大学附近。在一个下雪的清晨，他去大学的操场锻炼，突然发现学校里来了很多警察。原来，两天前，江城大学文学院的女生李娟离开宿舍后一直没有回来，同学随后报了警，可几天后仍没有找到她。这天早上，一个清洁工在倾倒路边的垃圾桶时，发现里面有几个装着肉块的塑料袋。清洁工打开袋子，竟发现里面有一只人手！清洁工报警后，赶来的警察又在附近的垃圾桶里发现更多被肢解的人体碎块，还有沾满血迹的女式衣物。经辨认，这些衣物正是李娟失踪时所穿的。

警察把肢解的尸体拼好后，同学们确认死者正是失踪的李娟。但是，在随后的侦查中，警察再没有发现一点有用的线索。李娟来自农村，性格内向，同学们既没有听说她有男朋友，更没有见她和校外的人有来往，案件就慢慢搁置下来了。

当年，因为这案件一直没有侦破，在江城市引起了不小的恐慌，有人说凶手是变态狂魔，有人说是个连环杀手……一时间人心惶惶，晚上也无人敢出门。

姚俊每天晚上下班都要经过江城大学的校门，当年那种恐怖气氛让他至今难忘。

"喂，你在听吗？"电话那头的声音把姚俊的思绪拉了回来。

姚俊定了定神，说："在，我在听，您请讲。"

电话那头的男子分析起来，他认为凶手迟迟不能被抓获，是因为当年警察的调查方向出现了偏差，"你想，被害人跟同学也很少交往，怎么会随便跟别人离开学校呢？这说明带走她的人一定是在某个方面深深地吸引了她，一个厨师或者屠夫能有这样的魅力吗？"说到这里，男子激动起来，"根据分尸的手法，警察一直在外科医生和厨师这些使刀的职业中查找嫌疑人，根本就是白费工夫！如果要为这个嫌疑人画像，他当年应该是二十岁至三十岁之间，相貌英俊，谈吐斯文，戴着细边眼镜，受过高等教育，跟受害者有相同的兴趣爱好……"

对方说话滔滔不绝，姚俊抬头看了一眼挂钟，还有一分钟节目

就要结束了。那男子好像也意识到了，抓紧时间说："也许大家都把这个案子给忘了。我今天提供一些个人猜测，也是希望警察重新侦查案件，将凶手绳之以法。"说完就挂断了电话。

二、心理分析

就因为最后打来的那个电话，姚俊回家时特意朝江城大学的方向望了望。已经十年了，在夜色中，李娟似乎一直阴魂不散。

姚俊一直睡到第二天中午才醒来，他接到了一个陌生的电话。对方说："我想和你谈谈昨晚《江城夜话》节目里最后打进来的那个电话……"对方自称是心理学家，在昨晚收听《江城夜话》时发现了一些关于当年碎尸案的线索。

姚俊苦笑：自己又不是警察，怎么大家都来找他提供线索呢？他本不想理会，但这个案子一直让他隐约有种恐惧感，而且还有几个小时才到上班时间，他就答应跟这个心理学家见面。

见面地点是距离江城大学不远的一家咖啡馆。姚俊刚把车停好，一辆自行车就"嘎"的一声停在了旁边。

"你就是姚俊吧？"骑自行车的是一个衣着整洁、举止儒雅的中年男子，他支好车子，向姚俊伸出手来，"我叫宋斌，下午跟你联系过。"

"宋博士，幸会幸会！"原来他就是那个心理学家，姚俊赶紧上前握手，两人一起走进了咖啡馆。

一坐下，宋斌就直接进入正题，说："我平时很注意从别人的谈话中捕捉细节，研究说话者的心理。"他告诉姚俊，昨晚听完《江城夜话》里最后打进来的那个电话，他发现那个打进电话的男人很可能和当年的碎尸案有关。

"哦，你是怎么知道的？"姚俊一下子来了兴趣。

"心理分析!"宋斌微微一笑,"如果我的分析没错,那人所说的并不是'个人猜测',他很可能就是凶手,至少是知情者!如果是与这个案件毫不相关的市民,事隔多年,不可能突然想起这个碎尸案。"

宋斌分析,凶手之所以重新提起碎尸案,是因为他不愿意被人遗忘。凶手当年杀人后碎尸,并丢弃到路边的垃圾桶里,由此可知,杀死李娟并不是他唯一的目的,他还想引起轰动,引起大家的关注,否则,尸块丢弃到河里或者深埋就可以,没有必要冒险到大街上丢弃。当然,凶手的目的也达到了,这个案子轰动一时,而他一直逍遥法外,极大地满足了他的成就感。十年后,当人们渐渐遗忘这个案件时,他感到寂寞了,又跳了出来,并选择电台节目这种传媒途径激起大家对那个案件的回忆。

宋斌告诉姚俊,昨晚那男子语速缓慢而且斟酌字句,和能打进热线电话就激动得语无伦次的普通人不同,说明他沉着镇定,心理承受能力强,正好符合警察当初对犯罪嫌疑人的性格分析。同时,他不停地说"你在听吗"、"我接着讲",这是提醒姚俊重视自己的说话。最后,他说"希望警察重新侦查案件",可以看做是他向警方发出的挑战。这话甚至可以理解成"有本事你们就来抓我吧!"最关键的是,那男子数次用"魅力"、"英俊"、"斯文"等词语来描述犯罪嫌疑人,根本不像是在说一个杀人凶手,倒像是在说一个电影明星,"这说明,所谓提供线索者,就是凶手本人!"

姚俊不禁赞叹道:"宋博士不愧是心理学家,竟能从简单的谈话里解读出这么多内容!"

宋斌谦虚地摆了摆手,喝了一口咖啡,站了起来,说:"这不过是纸上谈兵,我也不知道是否正确。我建议你把昨晚的节目录音交给警察分析。要是真能找到线索,抓住真凶,我们也算做了一件好事!"

三、夜半空车

告别宋斌后，时间不早了，姚俊急忙赶往电台。

一走进导播间，姚俊就让导播小刘帮他把昨晚的节目录音复制一份，并查一查昨晚最后打进来的电话号码。号码很快就查出来了，竟是城北翠湖边电话亭里的公用电话！

这下，姚俊更相信宋斌的分析了。如果那男子不是碎尸案的凶手，为何要隐藏自己的真实身份，半夜三更去僻静的翠湖边打公用电话呢？

这一次，姚俊在节目开始后，临时决定发动听众进行人肉搜索，寻找昨晚凌晨一点左右在翠湖边出现过的一个中年男子。也许很少有人会在晚上经过翠湖，直到节目快结束时，都没有人能提供一点信息。

姚俊正感到失望，有人打进电话说："你们是要找昨晚凌晨在翠湖边出现过的人吗？我当时下夜班经过那里，看到有一辆出租车停在翠湖边的电话亭旁，而且我刚才又看到那辆车停在那里，车上说不定有你们要找的人……"

没等对方说完，姚俊说了声"谢谢"就赶紧挂断了电话，他给导播小刘作了个手势，让他切换成音乐，然后抓起昨晚节目的录音带奔出了播音间，开车飞一般朝翠湖冲去。

不到半小时，姚俊就赶到了翠湖边，他远远地看到电话亭旁边果然停着一辆出租车，尾灯在不停地闪烁，可周围却不见一个人影。

姚俊犹豫片刻，从出租车旁驶了过去，这才发现不但四周没有人，连车门打开的出租车里也没有一个人！

姚俊把自己的车停好，转身走到出租车旁，发现车里确实没有人，但驾驶座椅上却放着一本小说，在清冷的路灯下，血红色的书名跃入了眼帘:《女大学生之死》!

姚俊突然有点害怕,他来不及细想,把小说往怀里一揣就回到了自己的车上,急忙赶回去了。

回到家里,姚俊把晚上发生的事情从头到尾梳理了一遍:如果那辆出租车的司机就是昨晚给自己打电话的人,他现在去哪了呢?难道他发现了自己在找他,就跳湖了?但是,能杀人碎尸的人,是绝不会脆弱到跳湖自杀的。

这时候,姚俊又拿出了在出租车上找到的那本小说,血腥艳俗的封面表明这是一本三流出版社出版的廉价读物。《女大学生之死》这个书名让他联想到李娟碎尸案,不由自主地翻看起来。

"你试过爱一个人爱到想杀掉她吗?那年冬天,我遇到了这样一个女子……"小说的开头就把姚俊吸引住了,越往后看,就越让他胆战心惊。

小说是以第一人称展开,描写一个年轻作家偶然认识了一个女大学生,由于对音乐的共同爱好,两人逐渐发展成恋人。因为女生所在的学校禁止学生谈恋爱,两人一直秘密交往。作家爱这个女大学生爱到了疯狂的地步,可在一次争吵中,他失手杀死了女大学生。在裁纸刀刺穿女孩肌肤的时候,作家体会到了一种抚摸女友肌肤般的快感,于是,他无法控制自己,把女大学生的尸体切成了小块。等清醒过来,他急忙将尸块装入了几个塑料袋里,趁黑夜扔进了路边的垃圾桶里。

姚俊觉得毛骨悚然,小说的后半部分显然是描写当年的李娟碎尸案,而小说中凶手杀人、肢解时的细节描写令人身临其境。小说里的男主人公——那个杀人的作家,其形象竟和李娟案嫌疑人的特征一模一样:三十岁,相貌英俊,受过高等教育,举止儒雅,戴细边眼镜,和受害者一样都喜欢音乐……难道这本小说所写的就是李娟碎尸案的真相?

姚俊翻到版权页，发现小说是在三年前出版的，印数只有几千册，作者署名是"黑暗之子"。

四、业余作者

天亮了，一夜未睡的姚俊很疲倦了。他打开电脑，在网上搜索出那家出版社的电话号码，打电话去询问小说的作者是谁。

对方查找了半天才告诉姚俊，署名"黑暗之子"的是一个业余作者，因为在这本小说出版后就再没有新作问世，编辑部和他的联系也中断了。在姚俊的再三请求下，出版社才通过当年的稿费记录找到了"黑暗之子"留下的联系方式。

作者的本名叫"程非"，就住在本市距离江城大学不远的小区里。姚俊想了想，决定马上带上那本小说和前晚节目的录音到市公安局。

到了公安局，说明来意后，姚俊就被领进了一个办公室。办公室里一个五十来岁的中年警官自我介绍叫郑景威，是当年碎尸案的专案组组长。

"十年了，专案组虽然没有撤销，但只剩下我这个光杆司令了。"郑警官自嘲地笑道，"我像是一个失败的猎人，每到黑夜就能听到躲藏在暗处的猎物的嘲笑声。"他向姚俊伸出手来，"好吧，让我看看你带来了什么线索。"

姚俊连忙将那本《女大学生之死》和《江城夜话》的录音带递了上去，把这几天里发现的情况详细地告诉了郑警官。

翻看着那本小说，郑警官的眉头皱得越来越紧，最后，他猛地合上书，抬起头来，对姚俊说："你提供的线索非常重要，我马上派人去查。"说着，他一边让人去联系交警查昨晚翠湖边那辆出租车的情况，一边打电话到派出所了解那个业余作者。

郑警官刚报出程非的名字，派出所就说他们也在找程非。原来，程非是个银行职员，两天前突然失踪了。他的爱人四处找不到人，已向派出所报了案。

"看来这程非很可疑，我得亲自去看看，你愿意的话也一起去。"说完，郑警官带着姚俊上了车。

警车来到了程非所住的小区，郑警官和姚俊来到小区门口的小卖店，刚问起程非，就有一个大妈凑上来说："程非吗？他好像已经失踪两天了。"

"听说他还是个作家？"郑警官假装随意地问道。

"什么作家啊，那次让他帮我写个……"大妈突然停了下来，指着刚走进小区门口的一个中年妇女说，"这是他的老婆，你们有事就问她吧。"

郑警官和姚俊走到中年妇女跟前作了自我介绍。那女人点了点头，把他们领到了家里。

女人说程非一直喜欢写作，三年前还出版过一本小说，但从此再没有写出过任何东西，人也变得越来越急躁，两天前就突然失踪了。

"那本小说写得不错，他怎么会写不出来了呢？"姚俊有点好奇。

女人迟疑了一阵，低声说："其实，那本书并不是他写的。我真希望他没有得到那个书稿，至少也不会像现在这样着魔。"

女人长叹一声，说三年前程非的电子邮箱收到了一封邮件，署名为"黑暗之子"的人说自己有一部小说书稿，因为身在国外不方便联系出版社，请程非帮忙找一家出版社出版，稿费全部归程非，但署名必须是"黑暗之子"。程非仔细地阅读了书稿，觉得写得非常好，就投到了一家出版社。几个月后，程非收到了出版社寄来的出版通知，没多久，几十本样书和稿费也寄来了。但程非通过电子

邮件把小说出版的消息告诉"黑暗之子"时，却没有收到任何回音。而程非虽然一直努力，却再也没有写出过任何东西，还在两天前失踪了。

郑警官安慰道："你放心，我们会尽快把你的男人找回来的。"

五、两具男尸

走出小区的时候，郑警官接到了交警打来的电话，说姚俊昨晚看到的那辆出租车直到今天早上还停在翠湖边，巡逻的交警见里面空无一人，就把车拖了回来。联系出租车公司后，发现这辆车是属于一个叫杨大伟的司机的，而杨大伟自昨晚出车后就没有人再看到过他，手机也一直关机。

"看来，这两人都失踪了。"郑警官苦笑，正要和姚俊道别，他突然想起了什么，说："我觉得那个叫宋斌的心理学家很不错，你把他的电话号码给我，我要约他见见面。"

与郑警官分手后，姚俊给电台打电话请了两天假。这两天他太累了，要回家好好睡一觉。

第二天中午，姚俊醒过来了，他胡乱吃了点东西，就踱到楼下去买报纸。都市报新闻版的一则标题吓了他一跳：《翠湖今晨惊现两具男尸》！

新闻说，今天凌晨环卫工人清理翠湖湖面的漂浮物时，发现水上漂着一件衣物。在打捞衣物的过程中，环卫工人捞起了和衣物相连的一个麻袋，麻袋里竟装着一具男尸！接到报案后赶来的警察又从相距不远的地方打捞起了另一具男尸。对尸体进行解剖后，初步推断两名死者都是被人勒死的，死亡和抛尸时间在大约在24小时前。

"24 小时前？那不就是自己在翠湖边发现那辆出租车的时间吗？"姚俊发现报上配发的照片显示，发现尸体的地方正是在公用电话亭旁！

姚俊顿时惊出了一身冷汗，难道自己当晚赶到翠湖时，凶手正好杀人抛尸后离开？他赶紧拨通了郑警官的电话："喂，郑警官吗？翠湖边发现的那两具尸体……"

"我都知道了。"郑警官打断了他的话，"现在已经确认，两具尸体里一个是出租车司机杨大伟，另一个是已经失踪两天的程非。我还有事情要忙，以后再联系吧。"说完就挂断了电话。

姚俊回到家里，颓然倒在了沙发上。这几天经历的事情太多了，从那个神秘的听众来电开始，他不由自主地卷了进去。原以为是找到了碎尸案的线索，没想到这两个关键人物都死了，难道他们也是被当年碎尸案的凶手所杀，这么做是为了杀人灭口？

姚俊觉得脑子里乱哄哄的，他干脆打开收音机，调到了交通台。马上就要到《城市夜话》的时间了，这两天他没上班，想听听小刘替他主持节目的效果如何。

也许是翠湖发现两具男尸的新闻太轰动了，《城市夜话》刚开始，就有几个听众打进电话谈到了这件事。不过，他们都认为这是一起专门针对出租车的抢劫案。姚俊摇了摇头，他知道事情绝不是那么简单。

就在这时，一个刚打进来的热线电话说："今天很多人谈到了翠湖抛尸案，我倒是想说说十年前的女大学生碎尸案！"姚俊吃了一惊，连忙把收音机的音量调到最大。

"前几天，有人打这个节目的热线电话，谈了对当年碎尸案的一些推测，说实话，我赞成他的看法。"那人接着说道，"就在第二天，我们《城市夜话》的主持人就在节目上发动大家人肉搜索，找出头天晚上打进电话的那位听众，正好有人提出在翠湖边的电话亭

处有辆出租车，很可能就是主持人要找的人。在接到电话后的十几分钟里，电台一直在播放音乐，我们再没有听到主持人的声音，甚至节目结束主持人也没有向听众道别，这很不正常。主持人突然去哪里了呢？更令人惊讶的是，第二天，交警在翠湖边发现了那辆空出租车，今天又发现了被抛弃到湖里的尸体。这两者到底有什么联系呢？"

这人竟怀疑自己！姚俊惊得腾地一下站了起来，只听主持人小刘插话："先生，你要是提供线索我们很欢迎，但如果你……"

"如果你切断我的电话，就说明你们心中有鬼！而且这不过是我的猜测，请让我说完。"那人斩钉截铁地打断了小刘的话。小刘叹了一口气，只得由他说下去。

"我刚才说的是翠湖抛尸案，似乎跟十年前的碎尸案没有多大的关系。那我们先来说说碎尸案。"那人越讲越来劲，"关注《城市夜话》的听众都知道，我说的这位主持人在十年前就开始主持这档深夜节目，当时英俊的电台节目主持人在一名女大学生的眼里无疑是很有魅力的。当然，如果你是该主持人的粉丝，你还会知道他一直住在江城大学附近的一间公寓里，每晚做完节目都要经过江城大学的校门回家。"

那人开始假设：在一次偶然的机会里，主持人认识了江城大学的女大学生李娟，两人很快坠入了情网。作为公众人物，主持人自然不能让外界知道他和在校大学生谈恋爱，他们的来往都是秘密的，这就是警察无法在李娟的社会关系中发现他的原因。

这是诬蔑！太可怕了，不能让他说下去了！姚俊坐不住了，想让电台的同事切断那人的电话，但同事们的手机在工作时全部关机了，那台热线电话也因为占线而打不进去。

不行，必须阻止他！姚俊抓起了收音机奔下楼，开车往电台冲去。

六、谁是真凶

　　一路上，收音机传出了那人滔滔不绝的分析："大家可能不知道，该主持人十年来一直单身，还曾用本名在本市的报刊上发表过小小说。"天哪，这人太了解自己了！姚俊不由得打了一个寒战，他到底是谁呢？

　　"这些和碎尸案有什么关系呢？"那人继续分析，说主持人一直没谈女朋友也许是因为对女大学生之死的愧疚；那人又提到了那本《女大学生之死》，认为作为银行职员的程非写不出这样的小说，但这位发表过小小说的主持人却可以。他还分析了"黑暗之子"这个笔名，"这个深夜节目的主持人，每天都是昼伏夜出，飘荡在城市的黑夜里，不就像是一个黑暗恶魔的孩子吗？而异于常人的作息时间也为他杀人抛尸提供了便利。当然，这些都只是我的猜测，我要提醒大家，这位主持人曾数次去看过心理医生！"

　　"天哪！"这时候，车已经开到了电台的楼下，姚俊却瘫倒在座椅上：除了自己并不认识李娟，也没有杀过人，这人所说的几乎都是事实！二十多岁、戴细边眼睛、受过高等教育、会写作、一个人居住、有作案时间、看过心理医生……自己完全符合对嫌疑人的分析，甚至连小说作者的笔名也似乎是专门为自己起的。这时候，连姚俊都开始怀疑，自己是不是就是碎尸案的凶手，只不过是自己忘记了？

　　"以上只是我的个人猜测，大家不要当真。不过，我坚信翠湖抛尸案和十年前的碎尸案一定有联系。对于翠湖抛尸案，我认为警方可以调出翠湖附近道路的监控录像，看看案发当晚有哪些车辆进出，也许可以找到线索。"说完他就挂断了电话。

　　姚俊在车里呆呆地坐了许久，才慢慢地开车回家。回到家里，

姚俊努力回忆十年前的事情，那时候她的确经常在江城大学出入，但自己是否真的认识李娟呢？如果是自己杀了他，那是在什么地方杀的呢？迷迷糊糊中，他倒在沙发上睡着了。

第二天一大早，姚俊被一阵敲门声惊醒。想起昨晚的事情，他惊得跳了起来：媒体一定是闻风而动了！

令他意外的是，门外站着的却是郑警官和两个警察。郑警官冷冷地说："有些事情想请你回公安局协助调查，跟我们走一趟吧。"说着朝那两个警察使了一下眼色，那两人便上前一左一右夹着姚俊走到楼下，上了警车。

当天下午，郑警官拨通了宋斌的电话，邀请他到公安局的拘留所看望姚俊。

"姚俊怎么了？"宋斌很惊讶。

郑警官告诉他，根据群众提供的线索，警方发现姚俊在各方面都很符合十年前李娟碎尸案犯罪嫌疑人的特征。更重要的是，在翠湖抛尸案的现场不但发现了他的汽车车轮印，而附近路段的监控录像也显示他在案发时去过那里，他很可能就是李娟碎尸案和翠湖抛尸案的凶手，同时还是《女大学生之死》的真正作者，正是他用邮件把小说发给了程非，让程非去联系发表，而把自己的真实身份隐藏了起来。而出租车司机杨大伟在偶然看到《女大学生之死》后，意识到这和当年的李娟碎尸案有关，就打进热线电话提供线索。当然，他并没有说这是来源于一本小说，而说成是自己的推理分析。姚俊意识到自己很可能要暴露了，当晚就把程非约出来，并杀了他，又发动听众进行人肉搜索找出杨大伟，赶去将他杀死，然后将两人抛尸。

"怎么会是这样？前几天我还和他分析这个案子，没想到他竟是凶手！"宋斌觉得不可思议。

"但是，姚俊一直不承认曾经和李娟有过交往并杀害了她。经我们调查，姚俊因为一直上夜班，前几年在精神上出现过问题，还专门去看过心理医生。会不会是他杀人后压力太大，选择性地遗忘了关键的东西呢？所以想请您这个心理学家帮我们看看他是不是真的患上了选择性失忆症？"

宋斌接受了邀请。经过对姚俊几次面对面的诊断，他告诉郑警官，姚俊有百分之九十的可能是患上了选择性失忆症。

郑警官又提出了一个要求："其实，姚俊在得知自己可能患上选择性失忆症后，也默认自己也许就是当年的凶手。不过，没有关键性的物证，我们也无法给他定罪。现在，警方想请你通过催眠的办法唤起他遗忘了的记忆，找出那些证据都丢在什么地方了。就算十年前的证据已经找不到了，至少要找到他向程非发送邮件，并把他约出来时用的那台电脑。"

宋斌答应试一试。在他离开前，郑警官又说，因为怕引起恐慌，警方封锁了关于这两个案子的所有消息，等姚俊正式定罪后才向外公布，请宋斌暂时不要对外透露任何消息。

第二天，宋斌来到拘留所，在一个房间里为姚俊进行催眠。几个小时后，他微笑着走出了房间，把记录着催眠时姚俊说话的纸条交给了郑警官，"据他说，十年前杀人碎尸的刀是扔在了街边的下水道里，给程非发邮件的那台手提电脑就藏在他家空调的室外机里。"

听到这里，郑警官的脸上露出了笑容："谢谢你，这个折磨了我整整十年的案子终于破了！"说着，他一边派人去姚俊家取电脑，一边请宋斌坐下来。

宋斌看了看手表，说："你忙吧，我还有事情。"

郑警官却一把拉住了他："别走啊，我已经找了你十年，你何必急着走呢？"

"你说什么？"宋斌一脸惊讶。

"我是说，你才是当年碎尸案的真正凶手！"郑警官咬牙切齿地说道，"当然，翠湖抛尸案也是你的手笔！"

七、绝对真相

"你……"宋斌还想说什么，却见姚俊从拘留室里走了出来，微笑地看着他说："你没想到吧，在你来之前，郑警官已经找人给我作了检查，我根本就没有患什么选择性失忆症。至于催眠，与其说是让我说出证据在什么地方，不如说是在诱你说出来。如果我没猜错，你一定是把给程非发邮件的手提电脑放到了我家的空调室外机里了吧？"

没等宋斌说话，郑警官就说："对，他昨晚放电脑的过程已经被我们的监控人员拍摄下来了。"

姚俊继续说道："在听了你在热线电话里的分析后，连我都怀疑自己是不是真的是碎尸案的凶手，还患上了选择性失忆症。不过，你一定没想到，郑警官把我带到这里来，并不是怀疑我，而是要以我为诱饵引你上钩。"

宋斌颓然坐在了椅子上，喃喃地说道："可是，你们是怎么怀疑上我的？"

"自行车！"郑警官答道，"我听姚俊说过，你第一次见他时是骑着自行车来的，而我约你在公安局见面，你依然是骑着自行车来，让我觉得很奇怪。你收入不菲，怎么会没有车呢？经过调查，才知道你这几年一直在国外，几周前才回来的，是来不及买车。"说到这里，郑警官笑了，"你出国留学九年，李娟碎尸案一直风平浪静。可就在你回来后的几周里，先是程非失踪，再是有人到《城市夜话》节目提供线索，然后是翠湖抛尸案，这一切跟李娟碎尸案有关的东西都冒了出来，你不觉得太巧了吗？"

郑警官在宋斌的身上发现了更多的疑点：宋斌在国外数年，却对江城十年前的案子了如指掌，充满兴趣；在对犯罪嫌疑人的分析中，他不但使用了许多褒义词，甚至认为犯罪嫌疑人有"成就感"；他所有的分析都暗合《女大学生之死》一书，但他一直在国外，应该没有机会看到这本书。专家对《女大学生之死》一书进行分析，发现里面有大量的心理描写和分析是出自心理学专业人员之手……所有这一切让郑警官把侦查的重点集中到了宋斌的身上。

"但是，跟你的分析一样，这些都只是纸上谈兵。我们需要证据！"郑警官说，这时刚好发生了姚俊被怀疑是凶手的事情，他马上意识到是宋斌干的，是想借姚俊的名气让碎尸案再次引起公众的注意，于是，他将计就计引宋斌上钩。

郑景威总结道："后来的事情就不用讲了，你为了让姚俊迅速成为'凶手'，就让他'患上了'选择性失忆症，'说'出藏证据的地方。为了让你顺利演完这场戏，我特意给你安排了一个没有任何监控设备的空房间，你就真的上钩了。"

这时候，去姚俊家取电脑的警察拿着电脑回来了，上面虽然没有找到一点指纹，但上网记录显示，正是这台电脑向程非的邮箱发送了邮件约他出来。

"至于你说的那把刀，其实我们在数年前就找到了，只是上面已经没有任何指纹了。不过，今天你亲口告诉我们刀的位置，这充分证明刀就是你扔进去的。"说着，郑警官把一把装在透明袋里的裁纸刀拿了出来，扔到了宋斌的面前。

"还是你们赢了！"宋斌摘下了眼镜，长叹道，"很多人不明白，这么多年警察都没有抓住我，我还跳出来干什么？其实，我以前的分析说的就是我自己，我不愿意被遗忘，想重新引起大家对碎尸案的兴趣。因为那个案子我做得太完美了，我想继续享受把警察玩弄于股掌之间的乐趣！"

宋斌说，和《女大学生之死》里描写的一样，李娟是在争执中被他错手杀死的，尸体也被他肢解并丢弃。没想到，自己一直没有

被抓住，这个案件也越发轰动，让宋斌感到很得意。没多久他就出国了，随着时间的推移，大家对碎尸案的遗忘让他感到了寂寞，于是，他就将自己杀人碎尸的过程写成了小说，通过邮件发给了文学爱好者程非。他本来希望小说出版后能重新激起大家对碎尸案的兴趣，没想到这本书根本没有引起读者的注意。这次回国，他本打算杀掉程非，希望警方在调查程非案时能注意到《女大学生之死》，再次引起轰动。于是，他一回来就给程非发了邮件，说又有作品要交给他发表，想把程非约了出来杀掉。但是，程非似乎因为《女大学生之死》一书没有让其出名，所以对此并不感兴趣，没有赴约。

宋斌又生一计，想利用电台的传播力激起大家的关注。他找到出租车司机杨大伟，说自己在小说中发现了十年前碎尸案的线索，只要提供线索就能得到奖励，骗杨大伟和他一道来到了翠湖边，找了一个公用电话亭，让他按自己所教的给电台打去电话报料。可他不知道，《江城夜话》播出的时间很晚，收听的听众很少，节目并没有引起大家的注意。但出乎意料的是，程非恰好听到了广播，并意识到和《女大学生之死》有关，于是主动联系了宋斌。宋斌赶紧以商量向警方提供线索为由将其约出，并在当晚将其杀死。

这时候，宋斌觉得，如果不把一个有分量的人物拉进来，不容易引起轰动。于是，他选中了姚俊，不仅是因为姚俊在各方面都非常符合碎尸案犯罪嫌疑人的特征，而且他是电台主持人，有一定的社会知名度，把他和碎尸案联系起来一定能引起轰动。

于是，宋斌一方面亲自出面提醒姚俊，通过"分析"引起了姚俊的重视；另一方面杀了杨大伟，弃尸翠湖，然后给电台打电话提供出租车线索，把姚俊一步步诱入了圈套中。时机一到，他再以热线电话的方式，在《城市夜话》中抖出"姚俊才是碎尸案真凶"的猛料！

然而，事情再一次出乎了他的预料，"姚俊涉嫌碎尸案"的消息居然没有一家媒体报道！

"因为我看出幕后黑手是想以姚俊为名引起轰动，特意给媒体打了招呼，不允许报道此事。"郑警官得意地笑了，"只有这样，才能逼你不顾一切地帮我找出'证据'，迅速给姚俊定罪，引来媒体的报道。"

宋斌沮丧地点了点头："我并不是真想让姚俊替我顶罪，我打算在他被投入监狱、媒体大肆报道后，再通过热线电话告诉你们真相，我要让警方再一次尝尝败在我手下的滋味。"

"可惜，你已经没有机会再羞辱我们了！"郑警官走上前，亲自给宋斌戴上了手铐。他的脸上终于露出了胜利的笑容，这种笑容已经有十年不见了。

游园惊梦

　　黑漆漆的戏台上，青玲一个人孤零零地站在那里。听到京胡拉出的音乐从后台传了过来，青玲水袖一展，正要开唱，却见自己满头青丝突然全都掉了下来，纷纷扬扬撒了一地。她往头上一摸，却只剩下一个和尚似的葫芦瓢！就在这时，一个披着长发的旦角头面朝她扑来！

　　青玲大叫一声，从梦中惊醒过来。

　　这已经是青玲连续几个晚上做这样的梦了。

　　青玲是市京剧团的女演员，她不仅人长得漂亮，而且唱、念、做、打样样拔尖，是京剧团最有前途的旦角。在最近团里重排的传统剧目《游园惊梦》里，青玲还获得了扮演女主角杜丽娘的机会。

　　《游园惊梦》不仅是今年团里的重头戏，还要进京参加梅花奖的评选。为了这个角色，团里几个女演员早就明争暗斗了许久，因此，青玲一点都不敢松懈。这天是《游园惊梦》第一次带妆彩排的日子，青玲更是早早便来到后台准备化妆。

　　青玲正坐在化妆台前，一边让化妆师小玉梳理着头发，一边轻声琢磨着唱词和念白。突然，她听到身后的小玉在轻声嘀咕："你怎么掉了这么多头发？"

　　青玲一惊，猛一转身，只见小玉手中的木梳上竟然挂了密密麻麻的一层头发！

　　"也许是这阵排戏太辛苦了吧！"青玲虽然觉得意外，但并不是很在意。

"真是这样就好了，排完戏自然就恢复了，我只怕……"不知道为什么，说到这里，小玉突然闭上了嘴巴。见小玉一副欲言又止的神情，青玲心里"咯噔"一下，忙问道："怕什么？"

小玉没有回答，而是拿起化妆台上的头面，一边帮青玲扎上，一边感叹道："陈老板的这个头面确实好啊，这么多年了，还光彩照人……"小玉说的陈老板，指的是当年的省城第一男旦陈云秋。青玲这次用的行头全是陈云秋留下的，尤其是那个头面，据说还是陈云秋亲手做的。团里一直把它们当宝贝藏着，这次也是因为这个戏非常重要，这才拿出来给青玲用。小玉说得没错，这个头面的确做得非常精美，尤其是上面两束长长的假发，分外漂亮，像两条乌黑发亮的细长缎子。

轻轻抚摸着那两束头发，小玉接着低声说道："据说，这两束头发是当年陈云秋从女朋友头上剪下来的……""哦？"看到小玉盯着那个头面时惊恐的表情，青玲突然觉得背脊一阵发冷："那，那和我掉头发有什么关系？"

小玉犹豫了片刻，颤声道："因为，当年陈云秋的女朋友就是用这两束头发自杀的！""啊！这是怎么回事？"青玲惊讶得合不拢嘴。

小玉告诉青玲，当年有许多年轻女戏迷仰慕陈云秋。这当中，有一个漂亮的女大学生。这个女大学生相貌并不是非常出众，却有一头漂亮的长发。女大学生不顾家庭的反对，毅然跟定了陈云秋。可惜后来那个女大学生发现，陈云秋其实另有所爱。之所以假装喜欢她，只是想欺骗她剪下那头长发，用它来做自己头面上的假发。失望之下的女大学生在剪下了自己的头发后，用长长的头发将自己吊死在了戏园的房梁上，并留下遗言，要将头发送给陈云秋。

"就是这两束头发？"青玲觉得头皮发麻，指着头面的手指也抖

个不停。

小玉点了点头："本来我也忘了这事，因为你戴上这个头面后，就开始掉头发……"迟疑了片刻，小玉鼓起勇气又道："不过说实话，你这《游园惊梦》的扮相，据说和当年的陈云秋神似至极……"的确，不少老戏迷们都说，青玲不论扮相还是唱功，都颇有陈云秋当年的神韵。

青玲觉得自己直冒冷汗，她想说什么，又张不开嘴。就在这时，前台的鼓点响了起来。青玲只得强打精神，到侧幕边上候场去了。

这天的彩排，青玲竟然唱错了几段。这可是前所未有的，让青玲自责不已。

彩排结束的时候，已是晚上了。

走出剧团的时候，青玲突然听到有人在低声叫她。青玲转头一看，只见树阴下隐隐约约似乎站着一个人影，她正想走过去看个明白。就听"嘎"的一声，一辆汽车停在了她的身边。车窗摇下来，京剧团团长伸出头来，叫道："青玲，上车，我送你回去！"青玲朝树阴里看了看，犹豫了片刻，便跨上车去了。

这天晚上，她第一次做了那个被头面追赶的噩梦。而且，接下来的几天里，小玉都会从青玲头上梳下一大把头发，而晚上青玲又会被同样的噩梦惊醒。几天下来，她不但整个人瘦了一圈，而且成天都是神情恍惚的。没几天，她就因为频频出错，被暂停了主演的资格，改成了丫环的角色。

可令青玲万万没有想到的是，接替她主演《游园惊梦》的，竟然是化妆师小玉！而且，小玉一亮相，竟然就让所有的人都大吃了一惊。她的唱功、身段虽比不上青玲，可与团里其他旦角比，竟然毫不逊色！看来，小玉为了演这个角色早已暗自下了不少功夫。

与此同时，青玲发现自己再也不掉头发了。这是怎么回事？自己掉发真是头面的原因吗？联想到头面的事情就是小玉告诉自己的，而她竟然不害怕，青玲开始怀疑这一切都是小玉为了获得这个角色故意骗自己的。

就在青玲打算找个机会质问小玉的时候，突然发生了一件事情。

那晚，青玲排练完已经是深夜了。随着人流走出剧团，青玲一眼看到了树阴下又站着一个人影，似乎正是前几天叫自己的那人。青玲走了过去，只见那里站着的是一个拄着拐杖的老太婆。老人满脸皱纹，一头银发，看上去有七十多岁了。青玲赶紧走了过去，问道："老婆婆，那天是你找我吗？"

老人盯着青玲看了看，冷冷地摇了摇头道："小云秋？我看你配不上这个名字！"

青玲以为自己听错了："你说什么？"

老太婆生气了，她一字一顿地说道："我说你不配叫小云秋，更不配戴陈老板的头面，我必须要回它。因为，那上面的假发是从我头上剪下来的！"昏暗的灯光下，老人满头的银发透露出寒气！而她的眼睛，逼视着青玲，让她不寒而栗。

青玲早已吓得说不出话来，结巴了半天，才挤出几个字来："你，你就是陈云秋的女朋友，那个……自杀了的大学生？"

老太婆肯定地点了点头，然后将一张泛黄的照片递到她眼前。照片上一对男女亲密地依偎在一起。那个男子，正是陈云秋，而那个胸前垂着两条发辫的女子，眉目间的神情竟然和眼前的老太婆一模一样！

"我就是那个自杀了的女大学生，"老太婆的声音像是从遥远的过去传来，显得那样苍凉，"不过那已经是几十年前的事情了！"青玲感觉自己像是在梦里一般，她想跑，可却发现自己根本迈不开步子。

"把那个头面还给我！记住，我不会让你戴着它站在戏台上！我会再回来找你！"老太婆最后的几句话说得斩钉截铁。青玲想向

她解释自己已经不再主演《游园惊梦》时，老太婆早就没有了人影。

难道这世界上真的有鬼？可她为什么要冲着自己来呢？青玲想不通。

没等青玲想明白，第二天一早，她就接到团长打来的电话，说小玉坚决辞演《游园惊梦》，叫她赶紧去救场。

怎么会这样呢？要知道，这天晚上正是《游园惊梦》首次公演的时间，门票早就卖出去了，眼看离演出的时间越来越近了，小玉怎么又临时辞演呢？来到后台，只见小玉的脸上已经打了底，上了色，勾好了眉眼。可她却死活不肯扎上头面，穿上戏服。

一见青玲来了，小玉仿佛看到了救星，她眼睛一亮，对着团长叫道："青玲来了！还是让青玲演吧！"

见她这么说，团长不解道："小玉啊，当初不是你自己死活要演杜丽娘，还说青玲不断掉头发，身体不好，不适合再演《游园惊梦》的吗？"

一听这话，青玲心里一惊，原来自己不能演杜丽娘真是小玉捣的鬼！

面对众人的疑问，小玉大声应道："不错，当初是我千方百计替下青玲的。我唱得也不错，凭什么她就是角儿，我就只能一辈子给人梳头化妆！"从小玉的话里，青玲总算明白了，原来小玉事先找了些头发，趁青玲没注意的时候放在梳子上面，让青玲以为是自己掉的头发。然后又故意将其与陈云秋女友自杀的传闻和头面上的假发联系起来，让青玲在惊恐中频频出错，这样便顺利夺下了青玲这个主角的位置。

"那你为何又要放弃好不容易得来的角色呢？"青玲不敢相信自己所谓的脱发竟然是个骗局。

"因为，昨晚我在剧团门口看到了那个传说中的女大学生在和你说话！原来这一切竟然是真的，而且她的冤魂还要来要回那个头面……"小玉满脸的惊恐，"今晚是公演的第一天，她一定会回来的！我可不愿意为了一个角色送了命！"

小玉话一说完，便不顾一切地夺路而跑。此时，前台传来了观众进场的声音，就要开场了！

望着一脸焦虑的团长，青玲往化妆台前一坐，吩咐道："快，给我化妆！"团长一见，满脸的感激："青玲，你不怕？"青玲此时感到从未有过的镇静："救场如救火！我就是个为这戏台而生的人，唱戏就是我的生命，能重新得到这个角色，我是求之不得，况且台下还有那么多喜欢我的戏迷。"说到这里，青玲顿了顿，边捧起放在桌上的头面，边自语道："我想，如果那个老太婆真是鬼魂的话，也一定是个爱戏的鬼魂。我希望让她看到，我配得上陈先生的这个头面。"

青玲的话音刚落，就听一个苍老的声音从角落里传了过来："是的，你配得上！"接着，门口的帘子被轻轻地掀了起来，一个拄着拐杖的老太婆慢慢走了进来。

"是你！"青玲的手僵在了半空，其他演员也被吓得惊叫起来。

老太婆没有理会众人的惊异，她满脸微笑地走到青玲跟前，道："我的确就是当年为陈老板剪去头发的那个女大学生，不过，我可没有自杀！"在老太婆一脸幸福的回忆中，隐藏了几十年的一段爱情故事又呈现在了大家的眼前。当年，陈云秋确实和这个女大学生相爱，不过因为怕那些倾慕自己的女戏迷们失望，陈云秋和女大学生的爱情只能偷偷地进行。就在女大学生剪下自己心爱的秀发给陈云秋做头面的时候，两人的恋情暴露了。为了不影响陈云秋的事业，女大学生毅然制造了一个自己已经自杀的谎言，用以骗过戏迷。可惜，就在陈云秋的《游园惊梦》大获成功，准备和女大学生结婚的时候，却一病不起，没多久就过世了。

"这些，就是你那天想告诉我的?"青玲问道。老太婆点了点头："那天，听说剧团里有个旦角《游园惊梦》唱得不错，我便特意来看看。看到你的表演，确实很有当年陈先生的神韵。"老太婆告诉青玲，自己在欣慰之余，便想将陈云秋的一些事情告诉青玲，觉得或许对她演戏有些帮助。不过，没等她开口，青玲就离开了。第二天，她再找到后台去时，却无意中听到一个化妆师在说，青玲全靠和团长上床才得到的这个角色。联想到自己昨天看到青玲上了团长的车，老太婆顿时相信了那个化妆师说的话。

老人生气地回了家。几天后，越想越觉得青玲没有艺德，不配用陈云秋的头面，这才来到剧团外面，拦着青玲，要她归还头面。

一听这话，青玲顿时涨红了脸："老婆婆，不是这样的!"

老太婆和蔼地拍了拍青玲的肩膀，将头面亲手帮她扎上，赞赏地说道："好孩子，我都知道了。而且，我也听到你刚才的话，你是个有艺德的角儿，这头面，你配得上!"

此时，台上的鼓点响了起来。看着青玲缓缓踱上台去，老人不由轻声跟着吟唱起来：

原来姹紫嫣红开遍，

似这般都付与断井颓垣。

良辰美景奈何天，

赏心乐事谁家院……

第四辑　死神来了

致命梦境

一、梦的预言

"不少人告诉我，他们曾做过一些预言性的梦。也就是说，某件正在发生的事情或者看到的场面，其实早就在梦里出现过……"

付勇挤进去的时候，范阳的讲座《神奇的梦境》已接近尾声。范阳是江城大学医学院最年轻的神经科教授，他这个讲座很有吸引力，阶梯教室里挤满了学生。

付勇也是为这个讲座而来。大约从两年前起，他经常做同一个梦：在雪白的屋子里，两个白衣男子要杀死一个蓝衣女子，而自己作为旁观者却叫不出声来……每一次，他都在无声的喊叫中惊醒过来。对一个需要保持充沛精力的警察来说，这个梦已经影响到付勇的正常工作了。因此，当同是江城大学教授的表姐向他推荐范阳的讲座时，他就赶了过来。

"……传统的理论认为，梦是我们在睡眠时，大脑中个别依然活跃的脑细胞激发起了往日的记忆。可是，它的预言性又如何解释呢？脑细胞里不该有关于未来事情的记忆啊。这提醒我们，梦确实比我们目前所知道的要复杂得多。"在学生们的议论声中，范阳结束了讲座，拿起讲义要离开教室。

付勇上前叫住了他。见付勇身穿警服，范阳一脸诧异："请问你有何贵干？"

"我有些私事想向范教授请教。"付勇随即说了表姐的名字。见是同事的表弟，范阳爽快地答应了，领着付勇来到学校旁边的茶楼。

走进茶楼的包间，付勇迫不及待地问："范教授，你真的认为梦有预言性？"

"有些梦的现象是现代科学难以解释的。即使是最严谨的科学家也不得不承认，有时候梦真的能预演未来的事件。"范阳解释道，"有人认为是巧合，但这种现象一次又一次地出现，而且发生在很多人身上，这还能说是巧合吗？还有人说是概率的原因，人一般都做过许多个梦，碰巧跟现实发生的事情吻合，就认为是预言，却忽略其他不吻合的梦。我认为这种说法也不对，有些预言性的梦太真切了，连细节也跟后来真实发生的一模一样，这能用概率来解释吗？"

"那是什么原因呢？"付勇急切地问。

范阳摇了摇头："现在还没有人能解释这种现象。但我坚信，这些梦一定是有深意的，尤其是那些反复出现的梦境。"他突然想起了什么，"对了，你有什么需要我帮助吗？"

付勇沉默了半晌，说："其实，我也一直被梦境困扰。"接着就把那个梦告诉了范阳。

范阳问："梦里出现的人或者场景，你以前见过没有？"

付勇说："梦里出现的地方，我敢肯定没有去过。我也曾怀疑这是看过的某一部电影，但我很少看电影，看过的片子都没有这样的场景。至于梦里那几个人的面孔，我都还没有看清楚就醒过来了，只知道被杀的是一个蓝衣女子。"

范阳点了点头："一般来说，我们认为梦境大致有几种：最常见的一种是大脑在睡眠时把以往获取的信息，像放电影一样进行回放；还有一种是由于身体原因，引起了大脑的联想，比如口渴会梦见水；当然，还有一种就是我今天讲的，不知道怎么产生的，却具有预言性的梦。"

见付勇眉头紧皱，范阳笑了："至于你的梦属于哪种情况，我还不敢下结论。这样吧，你回去后好好想想，看能不能找到梦的出处。我先给你开一些有助睡眠的药，如果没有效果，你就每周六晚上到我的诊所来。"说着，他记录下付勇的年龄、家庭住址等资料，然后开了药，在离开的时候还留下了一张名片。

二、救命噩梦

照着范阳开的药方，付勇去药店买了药。回到家里，因为是单身汉，他随便弄了点东西吃，然后吃了药上床睡觉。

也许是太疲倦了，付勇很快就睡着了。迷迷糊糊间，似乎有人急匆匆地跑到他身边，问道："他真的死了?"另一个声音答道："是的，这太突然了，我们也没有料到。现在，还是赶快把尸体送到太平间吧。"又有一个声音叹道："可惜啊，这么年轻，家里人不知道会多伤心，赶快通知家属吧。"

是谁死了? 付勇想睁开眼睛，却无法睁开；想大叫，张开嘴却叫不出声。过了一会儿，他觉得自己被推到了一个陌生的地方，身边却传来了熟悉的哭泣声。

怎么像是妈妈的声音呢? 付勇正疑惑，又有一个声音劝道："别哭了，孩子都这样了，你哭也没用啊。"这不是爸爸的声音吗? 付勇仔细一听，说话的正是爸爸，而哭泣的正是妈妈!

天哪，难道我死了? 不，我不能死! 父母就我这么一个儿子，我死了他们怎么办? 付勇觉得锥心的痛，就醒了过来。

原来是个梦! 付勇捂着怦怦直跳的心，觉得很后怕，自己怎么

突然做这样的梦呢？太奇怪了！他伸手去摸床头柜上的香烟盒，却发现没有烟了，就披上睡衣到外面去拿。刚走进客厅，他就闻到了一股微弱的臭鸡蛋味。

是煤气味！付勇大吃一惊，立即跑到窗前，把窗户打开，猛喘了几口气，再把所有门窗都打开，然后用毛巾捂住鼻子，跑到厨房，发现煤气阀门果然没有关紧，煤气正往外冒！

关好阀门后，付勇迅速穿好衣服跑到了屋外。他吁了一口气：要不是被噩梦惊醒，等煤气慢慢地充满房间，自己将会永远沉睡下去，那梦里的情景也应验了！

梦确实有预言性！刚才那个梦既预言了自己将死亡，却又拯救了自己，太神奇了！

可煤气阀门怎么会没有关紧呢，难道是做饭时忘了关好？这一阵子，因为晚上睡眠不好，付勇觉得自己的记忆力也下降了很多。

天快亮了，付勇回到屋里，发现煤气味已经没有了。他检查一下门窗，确定没有被外力破坏过，看来是自己没有把煤气阀门关好。

因为没有睡好觉，付勇上班时一脸疲惫，队长就放了他一天假，让他去看医生。付勇想了想，就按照名片上的地址，找到了范阳的诊所。

见付勇突然前来，范阳有些意外，问道："有什么事情吗？"

付勇就把昨晚发生的事情讲了一遍，然后说："昨晚的经历让我不得不相信，梦确实具有预言性。"

范阳给付勇倒了一杯水，说："既然你对梦境感兴趣，我们不妨从你那梦境着手，看一直困扰你的梦境是否也是一个预言。"

付勇点了点头："我也这么想。要是那个梦果真是预言，我们也许能避免梦里的那个蓝衣女子被杀。"

范阳手上还有别的工作，他让付勇周六晚上再来。他要为付勇催眠，看能不能有所发现。

这天晚上，付勇又做了那个两个白衣人杀死蓝衣女子的梦。这次，他不断地告诉自己这是一个梦，一定要看清楚那两个白衣人的面孔。但是，没等他看清，就又醒了过来。

三、催眠寻梦

周六晚上，付勇早早地来到了范阳的诊所。两人聊了一会儿，范阳就领着付勇走进治疗室，准备催眠。治疗室布置得非常舒适，范阳示意付勇到沙发上躺好。

在范阳的引导下，付勇全身放松，闭上了眼睛。渐渐地，他觉得范阳的声音越来越远，终于听不到了……

没过多久，付勇又开始做梦。他梦见自己又来到了那间神秘的白屋子里，两个身穿白衣的男子正按住一个年轻的蓝衣女子，并用一个枕头往女子的头上压去。那女子双手乱舞，使劲地蹬着脚大声呼救……付勇想冲上去救那女子，却无法动弹；他想叫，却叫不出声来。就在这时，两个白衣人转过头来，付勇终于看清了他们的容貌。付勇想走上前，却迈不开步子，迷迷糊糊中，又昏昏沉沉地睡了过去……

不知过了多久，付勇听到范阳在轻声叫他，才醒了过来。

喝了一杯凉水后，付勇清醒了很多，就把梦里见到的情景告诉范阳。范阳满意地点头，说催眠是有效果的，他让付勇下周六再来，希望能在梦里找到更多有用的东西，由此揭开这个梦的秘密。

下一个周六的晚上，通过催眠，付勇不仅做了跟上次一样的梦，还梦到了更多的东西：他梦见自己冲上去救那个女子，其中一个白衣人举着匕首扑过来，眼看就要刺中自己了，他抬手一挡，躲

开了白衣人的攻击。那白衣人见没有刺中付勇，就跟另一个白衣人一起逃到了屋外。付勇跑到已经昏过去的女子跟前，推了推，那女子却一点反应都没有。他着急地四处看，见墙角放着一个心脏起搏器，就奔过去，把电源插好，然后拿起起搏器对女子进行心脏起搏。几次起搏过后，那女子一阵咳嗽，缓过气来。付勇刚想问她，杀她的那两个白衣人是谁，却张不开口。他越是着急，越是说不出话来……眼前的一切慢慢消失，他又沉沉地睡了过去。

也许是在梦里太紧张了，付勇被范阳唤醒后，觉得非常疲倦。不过，他很高兴："梦中那个女子最后没有死，是我救了她！"接着，他又把梦里见到的情景全部告诉了范阳。

"这么详细的梦境，竟不是你以前所经历过的事情，很可能就是一个典型的预言梦。它不仅预言你将要面对的一件大事，还告诉了你这件事的最终结果。"范阳一边记录，一边对付勇说，"你要记住那两个白衣人和女子的模样，很可能在某一天，你真的会像在梦里一样，救了那女子的命。"

付勇若有所思地点点头，向范阳道谢后离开了诊所。

这次催眠过后，付勇再也没有做那个噩梦了。他仔细地回忆梦里那三个人，不管是那两个白衣男子还是蓝衣女子，他都确实是从未见过。不过，要是在现实生活里遇到他们，他就一定能认出来。

没想到，这一天很快便来了。

四、梦境再现

又到了周六。下班前，付勇给范阳打了电话，说这一周自己没有再做那个噩梦了。

范阳告诉他，这是因为上次催眠时，付勇已经在梦里"救"了那个女子，不用再担心她的安危，所以就不再做那个噩梦，"看来，我们今晚会是最后一次进行治疗了。"范阳说自己在学校里还有事，要晚些才去诊所，让付勇也晚一些过去。

付勇回家后，吃过晚饭，换了衣服，慢慢往范阳的诊所走去。

快到诊所时，付勇看到从一条小巷中走出了一个穿着浅蓝色衣服的年轻女子，那女子背着一个包，正低着头匆匆赶路。付勇很惊讶，这不正是自己梦里的那个蓝衣女子吗？

是的，就是那女子，连她所穿的衣服都跟自己在梦里见到的一模一样！付勇不假思索地追了上去。

那女子拐进了另一条小巷。这里很僻静，除了那女子，再没有其他人。

付勇也跟进了巷子，忽然，他看到黑暗的角落里窜出了两个白衣人！付勇正要叫喊，那两个白衣人已经冲到了蓝衣女子的身边，一把抓住她，把她拖进了巷子一旁的屋子里。

那个梦应验了，这两个男子要杀死蓝衣女子！

付勇疾步奔过去，跑到那间屋子前，见门虚掩着，里面依稀传来了女子的呼救声。他来不及细想，推开门就闯了进去。

眼前的情景曾无数次出现在付勇的梦里：蓝衣女子已被按倒在地，两个白衣男子拿起枕头蒙住了她的口鼻。蓝衣女子拼命挣扎，声音越来越小，手脚也渐渐软了下去……

"你们要干什么！"付勇大喝一声，冲了过去。

两个白衣男子转过头来，正是付勇在梦里见过的那两人！一个白衣男子迅速抽出一把匕首，向付勇扑过来。付勇抬手一挡，躲开了攻击。那男子还想再刺，另一个男子边跑边喊："还不快走！"那男子就丢下付勇，跟同伴一起急匆匆地奔出了屋子。

付勇刚想追，但又停了下来，转身走到了蓝衣女子的身旁。他

轻轻地推了推，见那女子没反应，就转过身来，见墙角果然有一个心脏起搏器，跟梦里一样！他微微一笑，走过去拿起起搏器，把插头朝旁边的电源插去。

在插上电源的一瞬间，付勇全身剧烈抖动，接着"轰"的一声，僵硬地摔倒在地上！

几分钟后，寂静的屋子里响起了"窸窸"的声音，刚才"昏死"过去的蓝衣女子坐了起来，朝门外喊道："都进来吧，他已经死了！"

门开了，刚才跑出去的那两个白衣男子又走进屋来，一边扶起蓝衣女子，一边骂道："这小子死了活该，谁叫他看到了不该看的事情呢！"话音刚落，又有一个人走了进来，他径直走到付勇跟前，踢了踢付勇，叹道："你可别怪我，都是你的梦害死你的！"这是付勇非常熟悉的一个声音。

那人又吩咐两个白衣男子："你们赶快把周围的环境清理干净。别忘了，他是自己跑进这个旧工棚里触了电，要是现场还有我们的脚印就不好办了。"

"不用急，反正你们也跑不掉！"躺在地上的付勇突然跳了起来，掏出手枪，对准了站在身边的那人，嘲笑道，"没想到吧？范阳教授！"

五、非梦之梦

随着付勇的笑声，一群全副武装的警察冲进屋里来。

"你、你没死？"站在付勇面前的的确是范阳，此时，他吃惊地张大了嘴巴，好半天才挤出一句话来，"你不是触电了吗？"

"你以为我真的会按照你的安排，去给起搏器插电源？我早就料到你会在电源上做手脚，让我一插电源就触电身亡，因此，我将计就计，演了一出戏引你现身。"说着，付勇揉了揉自己的肩膀，"幸亏我在警校里练过两招，怎么样，演得还行吧？"

范阳长叹一声，蹲坐在地上："可是，你是怎么发现的呢？你不是一直相信你的梦会应验吗？怎么不按梦里的提示去救那女子？"

付勇摇了摇头："你说的对，我以前一直相信那是一个预言梦，梦里的事情迟早会发生。可是，你第二次催眠时，梦里的情景却让我发现，我被你催眠时所做的'梦'，其实并不是我的梦！"

范阳很诧异："为什么？你是怎么知道的？"

"当然，你早就知道了我之前做的那个梦的由来，以为在催眠时为我定做'梦'肯定不会出错。可是，你忘了一个人的本能是骗不了人的。在你定做的'梦'里，白衣人用匕首刺'我'，'我'抬起右手挡了一下，这本来没有什么错，可你不知道，我是左撇子啊！我要是抬手挡匕首，本能之下应该用左手！"说着，付勇晃了晃拿枪的左手。

自从付勇发现自己在"梦"里竟不是左撇子，就开始怀疑这两个"梦"的真实性，别人怎么能更改自己的梦境呢？只有一种可能，那就是这根本不是自己的梦；另外，自己在家里做梦，每次都是在拼命大喊中惊醒，可在诊所里做的这两次"梦"，虽然自己也喊了，却不是马上醒来，而是在梦境消失后，又昏睡了一段时间才醒过来；而且，他发现每次被催眠后醒来，所躺的沙发都有轻微移动过的痕迹；更可疑的是，在诊所里做的两次"梦"里，他都看到了自己的背影！而在以往的梦中，自己是参与者，是看不到自己的背影的，而这两次做"梦"，他竟像是一个旁观者！

付勇醒悟过来：在诊所里做的两次"梦"，并不是自己的梦，而是别人在表演自己的"梦"！他之所以认为梦里那个人就是自己，

是因为有潜意识告诉他，那穿着跟他一样的衣服的背影就是他自己。

可是，范阳怎样能成功"导演"自己的梦境呢？付勇咨询了专家后得知，人在被轻微麻醉的情况下看到的无声影像，也会产生类似做梦的感觉。当然，麻醉药的剂量要恰到好处，而影像要在麻醉药即将失效前播放。付勇立即检查自己的身体，果然在颈后发现了两个细小的针眼。

问题一下子迎刃而解。范阳在每次催眠前都让付勇喝一杯水，那是给他吃安眠药，等他完全睡熟后，再对他的脑部进行轻度麻醉。在麻醉药失效前，范阳通过刺激，让付勇睁开眼睛，观看事先录制好的"梦境"。看完后，他再次催眠付勇，并把沙发推回原处。每次播放录像的长度，是由范阳控制的，而那三个"梦中人"的面孔，也是他故意让付勇在"梦"里看到的，好让他在现实生活中能一下子认出来。

"可是，你为什么要费这么大的劲来导演一出'梦境'呢？"付勇接着说道，"我突然想到，你一直对我强调这很可能是一个预言梦，以后将在我的生活中发生；而只有按照梦里的提示去做，才能拯救那蓝衣女子。看来，你是为了让我按照你事先设计好的程序，在现实里一步一步地去做，直到我插上电源插头后被电死，再伪造我不慎触电身亡的假象。"

这时候，付勇意识到家里煤气泄漏也一定是事出有因。于是，他找来刑侦专家勘察，结果在厨房靠近煤气阀门的窗户上发现了细微的人为破坏痕迹。看来，确实是有人利用自己住底楼的条件，从外面打开窗户，拧开了煤气阀门。

范阳知道已无法隐瞒，他默默地走到警察跟前，伸出了双手。戴上手铐后，他对付勇说："你说的对，这一切都是我计划好的。我那天给你开了助睡眠的药，本想趁你熟睡时打开煤气，让你中毒身亡。没想到你居然中途醒来，发现了煤气泄漏。迫不得已，我只好再通过所谓的催眠，找来这几个同伙演出一出'梦境'，想让你最后触电身亡，可没想到……"他叹了一口气，"你知道我为什么一定要杀了你吗？"

"是因为我看到了不该看到的东西，也就是那个梦！"付勇答道。

当付勇断定范阳要杀害自己时，也非常不解，因为他和范阳在此之前根本就不认识，只是因为那个梦才开始接触，难道就因为那个梦？

努力回忆后，付勇终于想起，两年前他在执行任务时受了伤，在江城大学的附属医院做过手术，而那个噩梦正是在出院三个月后出现的。更巧的是，在自己做手术期间，附属医院里有一名女护士突发心脏病去世了。而在附属医院里，医生都是穿白大褂，护士穿的是浅蓝色的衣服。

把这些联系起来，付勇恍然大悟：一定是在自己被麻醉而麻醉药即将失效的时候，在手术室中发生了什么事情，而这件事虽然自己看到了，可因为处于麻醉状态，并没有记住，而是在潜意识里不断出现在后来的噩梦中。在煤气泄漏那晚，自己在梦里听说有人死亡，其实也就是他做手术当天几个医生发现女护士死亡后的对话。当然，杀害蓝衣护士的两个医生当时以为付勇被麻醉了，什么都不知道，可后来，当他们的同伙——也就是范阳知道付勇的梦境后，害怕付勇迟早会揭开梦境里的秘密，所以决定杀了他。因为付勇是警察，直接杀死他影响太大，就决定制造一起意外死亡。

"那个女护士，其实也是因我而死！"付勇哽咽起来，"她那么年轻，要不是无意中发现了你们的秘密，她也不会被你们杀死！"

原来，范阳一直和他在附属医院里的两个同伙一起研制新型麻

醉剂，并利用医院里需要做手术的病人进行试验。那天，当他们利用付勇进行试验时，被那个女护士发现了，并扬言要去举报。情急之下，范阳的两个同伙杀死了女护士，并将其伪装成心脏病发作死亡。

等警察把范阳等三名嫌疑犯押上警车后，付勇迅速赶回家，虽然已是夜晚了，但他一定要回去看望父母。在煤气泄露的那个晚上，要不是父母在梦里的哭声，自己也不会醒过来，更不会还活着。他知道，那不仅仅是梦，而是在自己受伤昏迷时真实地存在过，只是当时并不知道而已。

死神来了

一、小心狼牙

姜平在回家的路上接到了女友陈曦打来的电话。

姜平是市公安局的一名年轻警察。一个多月前，女友陈曦因为意外，腿摔骨折了。电话里，陈曦有些慌张："姜平，晓兰不会是出事了吧？我打了她一个下午的电话都没有人接。"

陈曦说的晓兰叫于晓兰，是她在康民医院治腿时认识的。于晓兰因为车祸摔断了腿骨，也是在康民医院治疗。因为性格相投，两人认识后，便成了好朋友。

姜平想，人在孤独的时候，总是喜欢把简单的事情严重化，看来陈曦又在大惊小怪了。他一边在电话里安慰陈曦，一边加速往家里赶。

打开房门的时候，陈曦正坐在沙发上，双手紧紧握住手机。一见姜平，陈曦便立即将手机举了起来，郑重地说："你看了这个图片就知道我不是大惊小怪了！"

姜平接过手机，只见屏幕上显示的是一张彩信图片。图片似乎是贴近被摄物拍摄的，不是很清楚。整个图片呈一片灰黑色，在这片令人压抑的灰黑色中间，有一个狼牙型的白影！而这条彩信的附言里只有两句话："我发现了这个东西，你也要小心！快给我打电话！"

"这是什么东西？"姜平看半天，也没有看明白彩信到底拍的是什么。

陈曦一脸迷茫地摇摇头："我也不知道，这是晓兰今天下午发给我的。"她告诉姜平，午睡的时候，手机设置成了静音。等她醒来时，发现手机里有十个未接来电，都是于晓兰打来的，还有这条彩信。陈曦赶紧回电话，可打了一下午，都没有人接听。而且就在半个小时前，手机还关机了！

说到这里，陈曦问道："你说晓兰找我什么事呢？怎么我老觉得这个彩信怪怪的，老觉得她会出事呢？"姜平又看了看屏幕上的图片，可依然看不出个所以然，只觉得那白森森的狼牙确实让人有种不寒而栗的感觉。他想了想，安慰陈曦道："不要担心了，也许这只是一个玩笑。明天我们再打电话，如果还是打不通的话，我帮你去她家里看看。"

第二天，于晓兰的电话依然关机。姜平按照陈曦给的地址，找到于晓兰在城郊租住的公寓，可房东却告诉他，于晓兰昨天早上出去后，便没有再回来过。打电话到她的公司，公司却说，于晓兰自从受伤后便请了假，再也没有看到过她的人影。于晓兰像突然从这座城市人间蒸发了。

二、野兽凶猛

于晓兰的突然消失，让陈曦的心情越发郁闷起来。姜平看陈曦整天眉头紧皱，便决定趁周末带她去康民医院复查的时候，顺便去郊外散散心。

康民医院在郊外的九狼山风景区。出了城，沿着弯曲的山道走了二十来分钟，远远便看到了坐落在山谷中的康民医院。就在这时，路旁突然窜出一个人来，飞快地斜冲到了公路中央。姜平猝不及防，赶紧踩下刹车。

　　这是个黑瘦的中年男子，他上气不接下气地说："对，对不起，听说这山上出人命了……"中年男子说着，便撒腿朝不远处的山坡上跑去。

　　中年男子去的方向是医院后面的山坡，那里密密麻麻地全是高大的树木，显得阴森森的，看不清里面有什么东西。有几个身着警服的人朝山坡上跑去，身后还尾随着长长一串看热闹的人群。出于职业的敏感，姜平决定上去看一看。他忙将车开到路边停好，叮嘱陈曦不要下车，然后尾随着人群去的方向追了过去。当姜平跑到山腰的出事地点时，警察们已经拉起了警戒线，将围观的人群挡在了现场外。

　　姜平挤进人群，只见斜趴在地上的死者是个长发女性，二十来岁，身上穿着惠民医院的病员服。她双手前伸着，手指挖进了土里，似乎正努力地想朝前爬。她的头向后扭着，双眼圆瞪，像是看到了什么恐怖的东西。而她拖在身后的右腿髋骨处，裤子被撕成了碎条，露出的大腿一片血肉模糊。

　　姜平见警察们正忙着勘察现场，而陈曦还在路边等着自己，觉得自己不便再留在现场，便急急忙忙下了山。

　　回到车上，姜平边将看到的情况向陈曦简单说了一下，边将车开进了医院。忙到中午，好不容易陈曦才检查完。这时，姜平的肚子早已饿得咕咕叫了。

　　姜平和陈曦走进医院外的那家小吃店时，里面的人正议论着山上发现死尸的事情。

　　原来，死者叫陈红，的确是康民医院的病人。头天晚上就有人发现她失踪了。刚才警察经过初步勘查后，发现死者腿部深及见骨的伤口上有兽类的牙痕，似乎是被某种大型食肉动物袭击造成的。

　　"这山上有吃人的野兽？是什么野兽呢？"陈曦忍不住问道。

　　正讲得起劲的男子撇了撇嘴，道："警察现在也只是猜测。不

过，这几年，山上的树也高了，林也密了，真出几只虎呀狼的，也不是不可能。"

说到这里，陈曦一脸忧虑地低声问道："姜平，你说晓兰会不会也是被山里的野兽叼去了呢？"

想起山上的那具女尸，姜平皱了皱眉，道："等吃过东西，我去外面打听一下，实在不行，我去山上找一找吧。"

一人吃了一碗面后，姜平让陈曦坐在小吃店里等一会儿，自己便走出小吃店。

三、千年传说

康民医院的大门外，门卫正在墙上贴一张告示。姜平走上前去一看，告示是派出所写的，大意是警告村民和医院里的病员不要到山坡上去，因为山上可能会有伤人的野兽。

从门卫口中得知，因为昨晚刚下过雨，虽然警察把警犬也带来了，但并没有找到任何有用的线索。不过，警察们已经将整个恶狼坡搜了一遍，虽然没有找到吃人的野兽，至少也确定那野兽的窝不是在恶狼坡。

"警察把整个恶狼坡都搜遍了？"听到这个消息，姜平微微舒了口气。

门卫点了点头，答道："是啊，就连挖坟的那些人都询问了。"

姜平觉得有些奇怪："什么挖坟的人？"

"那里正在挖古墓！"门卫朝远处恶狼坡坡底的方向指了一下，说："考古队几个人住在那里，已经挖了两个月了。"

"哦？恶狼坡发现古墓了？"姜平一下来了兴趣，央求门卫带他去看看。

　　门卫说正要去那里帮警察同志贴告示，可以顺便带姜平过去。路上，门卫告诉姜平，古墓是半年前一个采草药的农民无意之间发现的。后来，经考古队确认，这是座汉代以前的古墓。现在，考古队把那里封闭了起来，任何人都不准进去。

　　说话间，姜平看到前面的树林中支着几顶帐篷，而旁边的山崖上，有一个一人多高的山洞，有个身着考古服的人正从洞口出来。那人一看到姜平，便高声叫道："姜平，你好啊！"姜平一惊，定睛一看，这不是他的中学同学刘凯声吗？想不到当初喜欢捣鼓盆盆罐罐的刘凯声，现在真成了考古专家了。

　　两人互相叙了一会儿旧，刘凯声便要带姜平去看刚刚发掘出来的古墓。

　　攀着搭好的架子，刘凯声带着姜平和门卫走进了那个山洞一样的古墓。刘凯声告诉姜平，这是个典型的汉代崖墓。所谓崖墓，也就是在山崖上开凿洞穴作为墓室。不过，这个崖墓不仅特别大，而且洞壁上还贴了当时流行的画像砖。

　　说着，刘凯声拧亮了手中的电筒，照着洞内石壁上的画像砖，指点给姜平看。只见这些画像砖上刻着各种各样奇怪的图案，有的是手舞足蹈的人，有的则是奔跑的动物。

　　"这上面刻的都是野狼！"刘凯声指着画像砖中的那群动物。

　　"野狼？"姜平仔细一看，只见几乎每块画像砖上都有这种野狼的图案。而其中一块画像砖上，一个头戴高冠的人，正挥着鞭子，而他鞭子所指的方向，一群恶狼正扑向手无寸铁的一群人！

　　刘凯声向姜平讲解道："这是墓主人正驱赶着野狼去撕咬他的奴仆。"

　　姜平正看得出神，突然听到身旁的门卫低声自语道："原来，那个关于恶狼坡来历的传说是真的。"

姜平不由得问道："什么传说啊？"

门卫告诉姜平，关于恶狼坡的这个传说，是很多年前流传下来的。据说在很久很久以前，恶狼坡曾是一个生性残暴的王侯豢养野狼的地方。这个王侯一共养了九只野狼，他不仅让家奴每天到山中捕捉野味来喂这些野狼，而且还时常让家奴和野狼搏杀，以观赏娱乐。每到夜晚，这恶狼坡中除了恶狼的嗥叫声，便是被咬得奄奄一息的家奴们的哀号声。于是，附近的老百姓们便渐渐忘了这地方原来的名字，都叫它恶狼坡了。

"那后来呢？"姜平问道。

"后来？后来，好像是说王侯临死之前，把九条野狼都杀了陪葬，而且就葬在这个山里。又有人说，其实王侯和九条狼都是被愤怒的家奴们杀死的。"

刘凯声接过话道："我们在发掘的时候也听到了这个传说。刚开始，我们自然不相信，不过等发现这些画像砖后，才知道这传说并不是空穴来风啊。"

接着，刘凯声又指着另一块画像砖说道："你们看，这块砖上的奴隶四肢全部都有残缺，不是断手，就是断腿……"姜平朝画像砖望去，见上面的数个奴隶果然都是缺胳膊少腿的。不知为什么，他一下想起了山上那具女尸腿骨处血肉模糊的情景，顿时感到背脊一阵发冷。

门卫似乎也同时想到了这个问题，他脱口叫道："会不会是你们把这坟墓里面的恶狼冤魂放出来了……"他的话没有说完，就被刘凯声大声打断了："好了，我们有纪律，再往里面你们就不能进去了，我们还是出去吧！"

门卫见刘凯声的神情似乎不太高兴，只得把说了一半的话硬生生地憋住未说。

四、死神来了

姜平既不认为世界上有什么恶狼鬼魂，又觉得这山上不太可能真的有狼。可陈红到底是怎么死的，他也无法想明白。

一天，姜平去康民医院帮陈曦拿药。刚到医院，就听说前天晚上又有两个病号死在了恶狼坡，其中一个的手臂被野兽咬得粉碎，而另一个的小腿被咬断！

姜平又打听了一些情况，便拿了药赶回家去。

回到家时，陈曦正在看影碟。姜平瞟了一眼，发现陈曦看的是美国片《死神来了》。这部片子姜平以前看过，讲的是一群高中生要乘飞机去法国，临登机前，因为意外，有几个人没有登机。而飞机升空后竟然爆炸了，几个没有上飞机的学生因此躲过了一劫。可后来，这几个侥幸逃脱的孩子却一个接一个地死于意外。这时，人们才意识到，原来，那个死亡航班是死神早安排好的，那几个人即使暂时逃脱，死神也要来取他们的性命！

姜平见陈曦看得入神，便没有惊动她。直到屏幕上开始出字幕了，陈曦依然一动不动地盯着屏幕，似乎在想什么。姜平走过去，关掉电视机，随口说道："又有两个人死在了恶狼坡……"

姜平的话还没有说完，便被陈曦打断了："我知道是谁！死者是不是一个叫杨松，一个叫吴丽丹？"说这话的时候，陈曦双眼直盯着姜平，脸色因激动而一下变得通红。

姜平很少见到陈曦这么兴奋，而最令他感到吃惊的是，陈曦说出的正是今天在恶狼坡发现的两个死者的名字！她怎么会知道呢？

从姜平的表情里，陈曦知道自己猜中了，便继续说道："我知道他们因为什么会死了！我是从刚才的电影里想到的！"

　　陈曦告诉姜平，于晓兰曾讲过她受伤的经过。那天，在旅游回城的路上，于晓兰乘坐的那辆旅游大巴在避让迎面而来的一辆车时，突然冲下山路，连司机在内的五个人当场死了，幸存下来的，就只有连她在内的六个人。其中就有陈红、杨松和吴丽丹！

　　当陈曦看《死神来了》时，突然意识到，假设失踪的于晓兰已经死了，那恶狼坡已经死的两人都是在同一个车祸中侥幸逃生的人。这会不会是死神一心想取那车人的性命？所以，即使你当时侥幸逃脱，死神也会将你追杀到底。如果真是这样的话，同一场车祸中幸存的其他四人，早晚也会一一丧命。只可惜，于晓兰只记住了陈红、杨松和吴丽丹的名字，至于其他两人，她只知道也在康民医院。

　　听陈曦讲完，姜平反而舒了口气，原来陈曦的理论居然是从电影里推演而来的。作为一名警察，姜平自然不会相信一个好莱坞恐怖片编造的神话故事。但失踪的一个人和死亡的三个人居然都是同一场车祸的幸存者，这里面到底有什么联系？虽然陈曦的理论没有道理，姜平却无法反驳她。

　　陈曦见姜平无话可说，以为是赞同了她的观点，便央求姜平想办法找出其他两个车祸幸存者，及时去将他们保护起来。

五、果真有鬼

　　姜平虽然觉得陈曦的推断非常荒谬，可是他也觉得几个人的死一定有什么联系。他觉得去医院查查病历，也许可以找到这其中的联系。

　　第二天早上，姜平赶到惠民医院的时候，病人还不是很多。他找到陈曦的主治医生马铮，假装了解陈曦的病情，想找机会偷偷看看病历本。马铮是骨科的主任，于晓兰、陈红、杨松和吴丽丹几个人的病历都在他办公桌上。姜平正和马铮闲扯，突然一个护士跑进来报告说，在恶狼坡的树林里，发现了一个病员的尸体。

一听又发现了尸体，姜平不由脱口而出："死者叫什么名字？"

护士望了望马铮，似乎不知道该不该说，过了片刻，才答道："又是我们科的病人，叫徐秋霞，她的下腹部被野狼鬼魂咬了一个大洞。"

马铮的脸黑得吓人，他腾地站了起来，要赶去山坡上看看。姜平瞄了一眼桌上的病历本，一把将它抓过来，悄悄塞进上衣里，跟着马铮朝外面走去。

回到家，姜平走进书房，关上门，拿出病历，一页一页地翻看了起来。很快，他就发现陈曦说得没错。从病历上看，于晓兰、陈红、杨松和吴丽丹几个人确实是同一天收治的，病因上也都写着是车祸。而更令姜平吃惊的是，同时收治的车祸伤者，还有两个人，一个叫徐秋霞、一个叫潘敏。

徐秋霞！看到这个名字，姜平顿时惊出一身冷汗。刚才在医院里，护士说的刚刚发现的死者不就是叫徐秋霞吗？陈曦的预测没错，所有死的人都是于晓兰他们那场车祸的幸存者！这到底是怎么回事呢？从病历上看，那天的车祸中，徐秋霞的伤势应该是比较重的。她伤着的是腹部，当时是马铮给她做的伤口清创和缝合……

腹部！姜平突然眼睛一亮，想起了什么……对，今天在医院时，那个护士不是说徐秋霞是因为腹部被咬了一个大洞而死的吗？她死时被咬的致命部位正是她车祸受伤的部位！其他几个死者是不是这样呢？姜平连忙翻到陈红、杨松和吴丽丹的病历，果然证实了自己的猜想。陈红车祸中受的伤是大腿的髌骨骨折，而杨松和吴丽丹分别是手臂和小腿骨折。加上徐秋霞，四个车祸幸存者最后被神秘野

兽撕咬致死的部位，都是车祸中的受伤部位！

这说明了什么呢？所有的一切似乎都和陈曦预测的一样，似乎真是死神在追杀他们，而且还必须在同一个部位下手？姜平觉得这太不可思议了。

这时，一种不可抑制的、想一探究竟的欲望，让姜平决定立即去医院，找到那场车祸的最后一个幸存者潘敏，希望可以从她那里了解一些情况。

赶到医院的时候，天已经黑了。姜平将警官证给门卫看了看，让门卫带自己去外科住院部找潘敏。可当姜平冲进潘敏的病房时，一下惊呆了：挂着潘敏姓名牌的病床上空无一人！闻讯而来的值班护士一下吓得脸色煞白，结结巴巴道："潘敏哪去了？熄灯的时候不是还在吗？"

同病房的只有一个中年女子，她似乎睡得特别沉，这时候才被吵醒过来。问她知不知道潘敏去了哪里，她想了一会儿才说，好像是被一个医生叫走了。

"快去报告马医生吧！"有人叫道。

可没一会儿，值班护士跑了回来："不好了，马医生也不见了！"

"马医生？"姜平脱口而出，"你是说马铮也不见了？"

姜平突然想起，病历上曾经显示，失踪的于晓兰和已经死了的这四个车祸幸存者，他们的主治医生都是同一个人，马铮！那天，外科似乎只有马铮一个主治医生值班。这样看来，死者除了是同一个车祸的幸存者外，还有一个共同点——都是马铮的病人。

如今，马铮和幸存者名单上的最后一个病人竟然同时失踪了，姜平立即有种不祥的预感！他赶紧对值班护士道："快报警吧！如果再有人出事，恐怕谁也负不起责任！"

护士急急忙忙地跑去报警，姜平则连忙找来几个电筒，带着几个医院保安往山上找去。

六、牙痕秘密

靠着几只手电筒的光亮，姜平和几个保安一边叫着潘敏和马铮的名字，一边往山上找去。

但一切都晚了。又是半山腰的地方，大家发现了潘敏的尸体！和姜平猜测的一样，潘敏的致命伤是她的左腿，那里又被撕咬得血淋淋的一片。而令姜平没有想到的是，在不远处，他们竟然还发现了马铮的尸体！马铮是脖子被咬断了！

姜平突然产生了巨大的恐惧，难道这山中真有猛兽？

这时，警察赶到了。因为天色太晚，警察将现场保护起来，决定等天亮再进行勘查。回到医院，姜平把自己从病历上发现的情况告诉了正在医院调查情况的警察，当然，关于陈曦"死神追杀"的推测，他没有说。

对于姜平的发现，警察似乎并不太吃惊，警察告诉姜平，他们也刚刚发现马铮可能是条重要线索，正准备明天对他进行调查，可惜，没想到他今晚居然也死了。

天亮后，警察对头晚的现场进行了仔细的勘查，这次警察竟然在马铮的手里发现一些兽毛。同时，对马铮的宿舍进行搜查的警察，在电脑里发现了马铮的个人博客，在写于头天晚上的最后一篇博客里，马铮写道，因为不断有病员意外死去，为了揭开恶狼坡猛兽的秘密，他决定去恶狼坡蹲守。警察由此推断，马铮有可能在蹲守时遭遇了那个神秘猛兽，因此送了命。

几天以后，姜平了解到，马铮手里的兽毛鉴定结果出来了，认

为是犬科动物的毛发。不过，综合从死者身上的牙痕以及能将人扑倒并咬死这点来看，似乎是某种体形巨大的食肉类犬科动物。姜平曾询问过，会不会是野狼，对方告诉他，有这种可能。

虽然依然没有于晓兰的消息，但再也没有人被野兽咬死的事情发生了。陈曦的腿也一天一天地好了起来，眼看就可以取出腿里面的钢板了。

想到陈曦腿上取钢板的手术只能由其他医生来做，姜平便打算先带陈曦去医院作个全面检查，以便新接手的医生能够了解情况。

在陈曦检查完，等待拿 X 光片结果的时候，姜平决定利用这个时间去牙科检查一下牙齿。最近，他的牙一直在痛，可因为忙于照顾陈曦，也一直没有顾得上去看看。

牙科的诊室，病人很多，姜平只得坐到等待席上百无聊赖地看着几个牙医不停地忙碌。

只见一个牙医将一个石膏样的东西放进患者的口腔里印了一下，石膏上便被压上了牙齿状的凹槽。看到这里，姜平突然意识到了什么，猛地站了起来，叫道："我知道了!"然后便转身往门外跑去。

原来，姜平突然想到，几个死者身上的野狼牙痕并不能说明真的就有野狼！那些牙痕很可能是凶手通过从野狼标本或者其他野兽的牙齿倒模、翻制，做成的杀人工具。如果真的是这样，很多问题就可以解释了。比如为什么警察一直没有在恶狼坡上找到野兽踪迹；为什么毛发像犬科动物，而攻击造成的破坏却远远大于一般犬科动物。

看来，根本就没有什么野兽，而凶手用野兽的牙痕只是为了转移警方的视线。同时，是野兽就一定会叫，多少会发出一点声音。对于这一点，自己可以问问刘凯声。刘凯声的考古队已经在恶狼坡驻扎了几个月了，如果他从来就没有听到过野兽的叫声，那么起码证实自己的推测是有一定道理的。

姜平为自己的发现惊喜不已，他赶紧拨通了刘凯声的手机，并将自己的猜想告诉了他。刘凯声显然没有料到，姜平竟然在义务调查恶狼坡的这几起案子。姜平只得将女友陈曦治腿认识于晓兰，后来于晓兰失踪等所有的情况告诉了刘凯声。听完姜平的解释，刘凯声也觉得姜平的推测很有道理，而且他告诉姜平，这段时间，他的确没有听到恶狼坡有过野兽的叫声。

听到这里，姜平决定把发现的情况马上报告公安局。

七、白衣幽魂

打完电话，姜平长长地舒了口气，哼着歌回去找陈曦。可当他推开医院休息室的大门时，却傻了眼：陈曦不见了！陈曦坐着轮椅，行动不便，按说不会跑得太远。姜平顿时有种不祥的预感，他突然想起，自己竟然忽略了一个细节：和已经死去的几个车祸幸存者一样，陈曦也是马铮的病人！

姜平不敢再想下去了，他赶紧找到医院的院长。院长立即召集了所有的保安，让他们去恶狼坡找人。同时，院长还告诉姜平，陈曦今天的 X 光片里，医生竟然看到在陈曦腿部受伤部位有一个奇怪的狼牙型白色影子！

白色的狼牙？姜平一下想到了于晓兰发给陈曦的那张彩信图片，那不就是一个白色的狼牙吗？难道于晓兰照的就是自己伤口的 X 光片？而且，她提醒陈曦注意自己的伤口是不是也有这种狼牙白影！

"那会是个什么东西呢？"姜平着急地问道。

你的生命只剩24小时

NIDESHENGMINGZHISHENG24XIAOSHI

　　院长眉头紧锁："暂时还不知道，不过等陈小姐的伤好了，我们取里面的钢板时，就会明白了！"

　　说到陈曦，姜平一下想起，现在最关键的是要先将陈曦找到。他又把医院里里外外都找了一遍，可还是没见到人影。天色已经越来越暗了，姜平心里不祥的感觉也越来越强烈。眼看无法找到陈曦，姜平决定报警。

　　就在这时，旁边一个护士嘀咕道："外科手术室怎么会有灯啊？今天晚上没有安排手术呀。"

　　姜平一听，一个激灵站了起来，撒腿便朝外科手术室跑去。姜平跑到手术室外时，只见手术室的门虚掩着，隐隐可以听到里面有手术器械碰撞发出的轻微响声。姜平轻轻推开门，走了进去。只见手术室外间的准备间里，陈曦的轮椅正放在那里，姜平拉开准备间和操作间之间玻璃门的门帘，只见操作间里面的手术台上正一动不动地躺着一个人，那不正是陈曦吗！而站在手术台边的，是一个身着白大褂，戴着口罩的人！是马铮？他不是死了吗？

　　没等姜平反应过来，只见那白衣人已举起一把锋利的手术刀，朝手术台上的陈曦扎去！

　　姜平大叫一声，使劲去推玻璃门，可门却从里面锁得死死的。里面的白衣人被响声惊动，转身看了看正在敲门的姜平，迟疑了片刻又举刀朝陈曦的腿上扎去。

　　陈曦的伤腿被扎，血顿时流了出来。姜平一见，急红了眼。赶紧转身推起陈曦的轮椅使劲朝玻璃门撞去。那白衣人本想再扎，见势不妙，将刀一丢，闪到了墙角。

　　姜平用尽全力地撞了几下，玻璃门终于被撞开了。尾随而来的保安和姜平一起冲进了操作间，却见除了手术台上昏迷不醒的陈曦外，竟然再也没有一个人了。刚才那个白衣人竟然凭空消失了！难

·146·

道他真是马铮的幽魂不成?

姜平顾不得许多,赶紧扑过去将陈曦扶起来,只见她的腿上原来伤口的部分被扎了一刀,血正不停地往下流。好在院长已经带着几个医生赶了过来。他一看陈曦正在流血,便连忙指挥医生给陈曦注射麻药,然后清创、缝合伤口。这时,姜平才感觉自己出了一身冷汗。幸亏自己及时赶到了,如果再迟来一分钟,后果不堪设想。

八、致命血沁

一个小时后,由院长亲自主持的手术结束了。令姜平意想不到的是,院长说在刚才的手术中,医生不但为陈曦取出了腿伤处的钢板,还发现那块狼牙形的阴影,原来是一个狼牙形玉片!

为什么会有一个玉片在陈曦的腿里呢?姜平有些想不明白。此时的陈曦在麻药的作用下,正睡得沉沉的。因为疲倦,姜平靠在她的床边,不知不觉睡着了。姜平正在迷迷糊糊之间,突然感觉有人进了病室。他立即惊醒过来,却发现有个白色的人影在病房外一闪,又不见了。而从陈曦腿上取出来的那块玉片也不见了。姜平立即追了出去。

走廊上,只见一个白色的人影正飞快地朝手术室跑去。姜平追到手术室时,发现里面又是空无一人!

难道这里有密道?一阵仔细地寻找,姜平果然在靠墙的一个器材柜旁边发现了一道暗门。他打开暗门,只见外面就是恶狼坡的坡底。看来,那个白衣人就是从这里逃走的!只是前一次大家忙着抢救陈曦,查得不是很仔细,没有发现这个暗门。

姜平躬身从暗门追了出去。刚追出去没多远,姜平就看到前面的山林中有一个白影正往山上跑。

姜平一边大喊着,一边往前追。可惜他不是很熟悉山路,而白影越跑越快,眼看姜平就要追不上了。

就在白衣人快要消失的时候,突然一个黑影飞快地从暗处冲了出来,直扑向白衣人。白衣人被突然袭击,猝不及防地摔倒在地。白衣人刚刚站了起来,那黑影又扑了上去,白衣人站立不稳,往山坡下翻滚下去,而那黑影也跟着扑下山去。

姜平看得惊心动魄,连忙跟着追到坡底。只见那个白衣人的头撞在石头上,已经昏死过去了。而一条大狗正站在不远处的石头上,对着白衣人叫个不停。

姜平见那只狗对自己似乎没有恶意,便走上去揭下白衣人的口罩,然后拿电筒朝他脸上照去。等姜平看清白衣人的模样,不由得目瞪口呆——这人竟然是刘凯声!

姜平赶紧用纸巾压住刘凯声额头上不断渗出的血,一边喊道:"刘凯声,你快醒醒,告诉我到底是怎么回事?"

刘凯声慢慢醒了过来,他摇了摇头,对姜平说道:"姜平,你不用找于晓兰了,她早被我杀了,就埋在古墓的遗址里。"

从刘凯声断断续续的讲述中,姜平终于明白了事情的真相。

原来,刘凯声一直在利用自己是考古队员的身份制作假古玩。这次,恶狼坡发现古墓的事情,让他想到了一个发财的好主意。根据民间传说,他故意制造出在古墓遗址中发现了狼牙古玉项链的消息。还说就是在传说中那个曾饲养野狼的王侯的墓葬里发现的。为了让自己便宜买来的玉片能冒充古玉,他开始想办法为玉片作上血沁,使之看上去像从古墓中发掘出来的。为了瞒过非常专业的买家,他还决定用真人的血来做血沁。

为了达到这一目的,他专门找来外科医生马铮,许诺狼牙古玉项链卖的钱将和马铮平分。在利益的诱惑下,马铮答应利用自己的工作之便，将七块玉片分别置入患者的体内。希望在患者取钢板的时候悄悄取出。马铮先是在于晓兰他们六个车祸伤者的手术部位各置入了一块玉片，剩下的一块正好装在第二天来治腿的陈曦身上。

他们的计划进行得十分顺利。可后来于晓兰不知道为什么突然跑到别的医院去作检查，这才偶然发现了自己伤口上的"狼牙"白影。她还以为是康民医院给她用了劣质钢板，便找到马铮，扬言要和医院打官司。马铮眼见事情就要败露，便告诉了刘凯声，两人一不做二不休，杀了于晓兰灭口。可接着，他们又发现，于晓兰来医院后曾找过另一个患者陈红，他们怀疑于晓兰已经把事情告诉了体内同样置有玉片的陈红，于是干脆把陈红也杀了。

可接连有人失踪，势必会引起警察追查，所以他们故意将其伪造成野兽袭击的现场。而他们使用的凶器，正如姜平猜测的一样，是刘凯声抓来的一只狗，将其麻醉后，对犬齿进行倒模，再用铸铁翻制成一个可以上下开合的剪刀形凶器，只不过在做的时候，把牙齿部分做得特别尖利而已。

行凶时，先由马铮悄悄将受害者在手术室敲昏，然后两人将其拖到恶狼坡，用手术刀取出玉片，再用特制的狼嘴型凶器，将受害者受伤部位"咬"得血肉模糊，以此掩盖手术刀留下的痕迹。

两人本来没有想过要杀其他人，可因为陈红的死，医院中引起了恐慌，不少病员要求转院。马铮眼看无法稳住病人，怕几个体内植有玉片的病人转院后，不但拿不到玉片，所做的事情还会因此暴露，于是，便一个接一个地将其他几个体内植有玉片的病人杀死，取出玉片。

那天，姜平到医院偷走了病历，刘凯声意识到病历被公安机关拿到后，迟早会怀疑到马铮身上。为了避免马铮暴露后牵出自己，刘凯声便在马铮杀潘敏的那天晚上，将马铮也用同样的办法杀掉了。可这

时，他才发现，他并不知道最后一块玉片植在哪个病人身上。

今天上午，当他接到姜平的电话时，才知道，原来最后一块玉片在陈曦身上。于是，他换上马铮的白大褂和口罩，混进医院，劫持了陈曦，打算取出玉片。

说到这里，刘凯声再也撑不住了，他摸索着从包里掏出了七块狼牙形的玉片，递给姜平道："我知道自己没有资格说对不起……这七块玉片，你给陈曦一个，其他六块给另外六个死者的家属吧，这玉不值多少钱……"

没等姜平接过玉片，刘凯声便咽了气。

姜平一时不知道该说什么好，他站起来，看到不远处，那只大狗依然盯着这里。姜平知道，一定是刘凯声在用他的嘴倒模，以及剪它的毛发作伪装时，使它受尽了折磨，这才让它愤怒地进行复仇。

狗也是善恶分明的，反而是人，为了利益竟然不择手段。姜平长叹一声，拿出手机，拨通了报警电话。

复活的模特

一、杀人

当红模特丁妮有个怪癖，换装时不准有别人在场，甚至连更衣室里的塑料模特也必须背对着她。据说她是在两年前换装时曾被人偷窥，才被吓出这个怪癖来。市刑警队队长杨松也听说过这件事，不过，他没想到自己第一次亲眼看见丁妮，竟然是在她被杀的凶案现场！

那天，天都商场举办一场时装展示会，据说丁妮是特邀模特。正好休假的杨松就找朋友要了一张展示会的请柬，打算一睹名模的风采。

展示会开始了，却只听到音乐声，台上一直不见丁妮的身影，台下的观众议论纷纷。杨松也觉得奇怪，就站起来，打算去厕所抽支烟。他刚转过后台，就被一个人迎面撞了个满怀。

那是一个神色慌张的年轻女子，她一把抓住了杨松，叫道："麻烦你帮忙看看，丁妮……丁妮会不会是出什么事了？"说完就拉着杨松往后台的更衣室跑去。

更衣室的门外已经站着一名商场保安。那保安一边敲门，一边使劲地拧着门锁，可房门却纹丝不动。

"这是怎么回事？"杨松觉得情况有些不妙。

"我是丁妮的助手，"女子一边喘气一边解释，"丁妮进去换装后一直没有出来，眼看该她上场了，门却从里面锁上了，叫门也没人答应……"

杨松走上前，使劲地拍门，里面依然没有回应。他向旁边的保

安示意，两人合力朝房门撞去。

门一下子被撞开了，所有人都大吃一惊，只见丁妮浑身是血，趴在屋角的化妆台上，而她身后站着一个塑料模特。塑料模特的一只手拿着自己的另一个手掌，另一只没有手掌的手臂竟插进了丁妮的背部，从伤口流出来的血染红了丁妮的衣服。

杨松用手在丁妮的鼻尖下一探，发现她早就没气了！杨松赶紧让保安保护现场，自己掏出手机拨打了报警电话。

刑警队的同事很快就赶到了天都商场，杨松简单地介绍情况后，就指挥现场勘察。

这是一个不大的更衣室，除了刚才被撞开的那道门外，没有一扇窗户。屋里靠墙整整齐齐地站着近十个女性塑料模特，有的穿着衣服，有的光着身子。除了将手臂插进丁妮身体的那个模特外，其他模特全都面朝墙壁。这些模特的中间有一个空位，似乎正是杀死丁妮的那个模特原先站立的位置。

法医把模特刺进丁妮后背的手臂取了出来，这才发现这只没有了手掌的手臂上，将手臂和手掌连接起来的一根细长的不锈钢条竟插进了丁妮的背部近十厘米！表面上看来像是塑料模特取下了自己的一只手掌，用露出的不锈钢条杀死了丁妮，可没有生命的塑料模特怎么会杀人呢？

杨松转过头，看到丁妮的助手正一脸煞白地瘫坐在门口，似乎还没有回过神来。杨松给她倒了一杯水，看着她喝完，这才询问刚才发生的事情。

助手自我介绍说，自己叫陈盈，是半年前应聘到模特公司当丁妮的助手的。今天早上，丁妮带着她来到天都商场。因为丁妮化妆和换装时不允许有其他人在更衣室里，也不喜欢那些塑料模特看着她，因此，丁妮一进更衣室，陈盈就把所有塑料模特全部转过身去，面对墙壁，然后到更衣室门外等候。

"全都面对墙壁，包括这个？"杨松指了指把手臂插进丁妮身体的那个塑料模特。

陈盈掏出纸巾抹了抹眼泪，说："是的，我把塑料模特摆好后，丁妮就让我去给她倒杯水。我刚出更衣室，就看到了他。"陈盈指了指身旁的保安。

保安点了点头："陈小姐拿着水杯出来的时候，我正好经过。陈小姐说丁妮正在换装，不喜欢被外人打搅，而她自己又要去给丁妮倒水，就请我帮忙看一下门。所以，我一直守在门外，直到陈小姐端着水回来。"

"那你回来后，把水送进更衣室了吗？"杨松问陈盈。

"不，我没有进去。"陈盈答道，"丁妮在换装过程中是不准其他人进去的，包括我，所以我是从门缝里把水递给她的。"说到这里，陈盈指了指化妆台上的一个空水杯说，"就是那个水杯。"

那保安也说："因为我想要丁妮小姐的签名，所以陈小姐将水递给丁妮后，我们俩一直守在门口。音乐响起来后，我们见丁妮还没有出来，才敲门叫她，可门已经打不开了。"说到这里，保安想起了什么，"对了，为了预防小偷，走廊上安装了摄像头，你们可以将监控录像调出来看。"

于是，杨松赶紧让同事把摄像头拍摄的监控录像调出来，里面的画面证实了陈盈和保安的叙述：更衣室的门除了陈盈端着开水递进去的时候开了一条缝，一直关着，而陈盈和保安也一直守在门外没有离开过。也就是说，在丁妮被杀之前，的确没有人进出过更衣室。难道真是那个塑料模特把她杀死了？

二、偷药

望着那个似笑非笑的塑料模特，杨松的眉头越皱越紧："会不

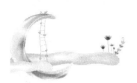

会是这个塑料模特没有立稳，在摔倒时正好砸在了丁妮身上，让松掉了手掌的手臂里的不锈钢条插进了她的后背呢？"话刚说完，他就意识到这是不可能的。丁妮尸体的位置距离墙边起码有两米，站在墙边的模特儿怎么摔倒也绝不可能倒在丁妮的身上，而且它也不可能在摔倒前先取下自己的手掌啊！

"难道这塑料模特是活的，能自己取下手掌，还能走路？"保安自言自语。

"啊！"旁边的陈盈惊叫起来，转身就往外跑。杨松连忙跑过去拉住她，问道："怎么啦？你想到什么了？"

陈盈望着更衣室里的那些塑料模特，嘴唇哆嗦了半天，才摇了摇头，说："不，不可能，塑料做的东西怎么可能活过来呢？"

"这到底是怎么回事？"杨松追问。

"说到塑料模特，让我想起了一件事。"陈盈犹豫片刻，说道，"其实，丁妮非常讨厌塑料模特，这也是让这些模特必须背对着她的原因。"

陈盈告诉杨松，也许是这些模特的身材太过完美，让丁妮产生了压力，所以丁妮一旦不开心，总是拿塑料模特发泄。当丁妮情绪低落或是受了委屈，她就会击打公司里的塑料模特，甚至会用水果刀扎这些塑料模特的身体。

"就在上周，因为被老板骂了一顿，丁妮一时生气还将一个塑料模特的脖子拧了下来。"陈盈端详了一下倒在地上的那个模特，惊奇地说道："对了，那天被拧掉脖子的模特跟这个一模一样，好像还扔在公司的储藏室里。"

"难道真是塑料模特报复杀人？这怎么可能！"杨松自言自语。可是，如果不是这些塑料模特干的，还会有谁呢？陈盈把热气腾腾的开水递进去的时候，是有人接了，还将水杯放到了化妆台前，说明那时候丁妮还活着，而后来再也没有人进出过更衣室，里面能杀死丁妮的就只有这些塑料模特了。难道真是这些塑料模特复活了？

　　杨松让陈盈先回去，并告诉她，自己明天想去看看那个被丁妮扭断了脖子的塑料模特。他开玩笑说："也许我们去给它烧点纸钱，它就不会再出来害人了。"

　　第二天，杨松来到了丁妮所在的模特儿公司，陈盈已经在门口等他了。陈盈带着杨松绕过大厅，径直朝公司的储藏室走去。

　　走到储藏室外，陈盈突然想起自己忘了带钥匙，就打电话给清洁工张大姐，让她赶紧把钥匙送过来。陈盈告诉杨松，这个储藏室是用来堆杂物的，那个被拧断脖子的模特儿就放在里面，估计还没有扔掉。正说着话，一个五十来岁的妇女跑了过来，一边喘气，一边掏出钥匙打开了储藏室的门。

　　"喏，就在那里。因为不好放，我已经把它锯成了几截，过几天就和其他废塑料一起拿出去卖。"听说两人要找那个被拧断了脖子的塑料模特儿，张大姐往角落里一指。

　　杨松顺着张大姐指的方向看过去，只见角落里堆放着的模特已经被截得七零八落，这些塑料的残肢断臂在昏暗的光线下显得很逼真，让杨松感觉自己来到了碎尸案的现场。

　　杨松正想走上前仔细察看，突然听到身后传来了急促的喘气声。他转头一看，只见刚才还扶着门框的张大姐脸色煞白，两眼发直，喘着气瘫坐在了地上。

　　陈盈立即跑过去，一把将她扶住，问道："张大姐，你怎么了？"

　　"我的药！快，我的药……"张大姐一边捂住胸口，一边在口袋里摸索。

　　杨松立即明白过来："她这是突发心脏病，快帮她找药！"话音未落，陈盈已经帮着翻找起来，可她将张大姐的口袋翻了个遍，也没有找到一粒药丸！见张大姐的脸色越来越苍白，嘴哆嗦着已说不

出话来，杨松赶紧拨打急救电话，陈盈也大声呼救。

幸好闻讯赶来的同事里有人正好带着救心丸，就连忙给张大姐服下。没等急救车赶到，张大姐已渐渐恢复了正常呼吸。她突然想到了一件事："真奇怪，我每天都要将救心丸带在身上的，而且今天出门时还检查过了，可为什么会找不到了？"

"你今天到过哪些地方？"陈盈热情地说，"我去帮你找，你这个样子，没有药在身边太危险了。"

张大姐说她上午一直在打扫时装陈列室，没有休息过一刻，更没有去过其他地方。

陈盈就赶紧带着另一个同事去时装陈列室里找药，半小时后，两人果然找到了张大姐的救心丸。让人意想不到的是，那瓶救心丸竟是在一个塑料模特身上的衣服口袋里找到的！

"这怎么可能？我只负责打扫卫生，从来不去动那些模特，药怎么会跑到模特的衣服口袋里去呢？"张大姐觉得不可思议。

"是啊，刚开始我们也没有想到去塑料模特的身上找，是陈盈发现一个模特平时举起的手竟揣在了口袋里，这才到那塑料模特的衣服口袋里搜，结果发现模特的手里居然攥着张大姐的这瓶药！"说着，和陈盈一起去找药的那个同事把药瓶递给了张大姐。

张大姐接过药瓶，纳闷地说："这可奇怪了，难道这药是模特趁我不注意时偷去的？"

三、自杀

也许是因为和丁妮一案的联系，塑料模特"偷药"的事很快传开了。有人说，丁妮之所以被模特杀死，是因为她拧断了模特的脖子，而张大姐则是因为肢解了那塑料模特才会被它们报复的。总之，谁要是伤害了这些平日里一动不动的塑料模特，就会遭到它们的报复！

杨松自然不会相信这些说法，可是他知道，只有早日破案，找出丁妮一案的真凶，才能让这些谣言烟消云散。

不过，案情还没有进展，竟又发生了两件和塑料模特有关的事情：在一家服装店里，一排塑料模特突然倒下，把一个售货员砸成了轻伤。据这售货员说，她负责给模特穿衣服，经常需要把它们的四肢拆下来，等穿上衣服后再装上去，正因如此，塑料模特才对她进行了报复。

另一件危险的事情发生在高速公路上。一辆正在行驶的货车突然掉下了好几个塑料模特，砸在了后面的小车上。这辆小车紧急刹车，和后面紧跟着的一辆车撞在了一起，两辆车上共有三人受伤被送进了医院。奇怪的是，受伤者都异口同声地告诉警察，在发生车祸的前一刻，他们正在议论"塑料模特杀人"的事情，还说应该把这些塑料模特全部销毁。因此，他们认为，正是这些话让塑料模特故意制造了车祸，要杀死他们。

这些事情发生后，在商店里，只要有塑料模特，大家都心照不宣地远远绕开，因此顾客也少了很多。在空荡荡的商场里，那些姿态各异的塑料模特更显怪异，似乎要从各个橱窗里跳出来一样。关于塑料模特杀人的传言越传越离谱，甚至有人根据好莱坞僵尸电影中的情节，预言某一天这些塑料模特会全体复活，对人类进行杀戮。

为了早日破案，平息社会上的传言，杨松决定从塑料模特的生产厂家入手，希望能找到线索。

这时候，塑料模特的生产厂家竟主动找上门来。对方叫曲振海，是海蓝塑料制品公司的老板，本地各商场里的塑料模特绝大部分是他的工厂生产的。

曲振海想举行一个产品说明会，邀请媒体参观模特的生产过程，证明他生产的模特的确是塑料制品，根本不可能杀人。他邀请

杨松出席，从警方的角度对几个涉及塑料模特的事件进行分析，说明那些事件确实是人为的，和塑料模特没有什么关系。因为这个说明会对粉碎谣言、安定人心有积极意义，杨松答应了。

在说明会召开那天，杨松按时来到了海蓝公司。那里已经来了许多媒体记者，办公楼前的坝子被布置成会场，四周密密麻麻地摆放着各种各样的塑料模特，一眼望去，像是多了很多人。看来，曲振海是想趁着说明会展示产品。

说明会开始了，曲振海上台向记者讲解塑料模特的生产过程，人群中突然发出了一阵尖叫。

杨松随着尖叫声望去，只见会场后的办公楼顶站着一个穿工作服的工人，似乎正要往下跳！

"糟糕，那人要跳楼！"不知谁叫了一声，话音未落，楼顶那人已直挺挺地一头栽了下来，"嘭"地一声落在了地上，头部裂开，血从脑袋里喷了出来，溅到了堆放在旁边的塑料模特上。

"出人命了！"杨松吃了一惊，却又觉得不对劲，那人坠落的姿势非常僵硬，难道……他挤到了前面，揭开跳楼者的帽子，竟是一个穿着工作服的塑料模特，而塑料模特的衣服上写着一个大大的"冤"字！

原来，这个跳楼的塑料模特事先被人穿戴整齐，体内装进了石块，还把一袋血浆装进了头部，所以它才会像人体一样快速坠落，并造成了"鲜血喷溅"的效果。

是谁把塑料模特扔下来的呢？杨松赶紧跑上去，到了楼顶，却发现一个人影也没有。回到楼下，他径直走向曲振海，问："你知道这会是谁干的吗？"

曲振海脸色煞白，连连摇头："也许、也许是某个对工厂不满的工人……"

没等他说完，旁边一个男记者突然问道："听说两年前贵公司也发生过一起跟刚才一模一样的跳楼事件，只不过跳楼的并不是塑料模特，而是一个活生生的工人。他当场摔死了，血也溅到了堆放在楼下的模特身上。你可以告诉我们当年那个工人为什么要自杀吗？"

另一个女记者也把话筒伸到了曲振海面前："是啊，我也听说那个工人死得冤枉，所以他的血溅到那些塑料模特的身上后，冤魂也附在了上面，所以那些模特才会一次次地报复杀人！"

"这，这……"曲振海满脸通红，却说不出话来。他不自主地连连后退，突然撞到了靠墙的一个货柜上，堆放在货柜上的塑料模特一涌而出，滚落下来，朝曲振海砸去。

四、复活

杨松赶紧冲上前，一把抓住了曲振海，使劲往前一拉，只听"噼里啪啦"一阵乱响，滚落下来的塑料模特砸在了曲振海身后的地上。

曲振海转过身，看到地上摔得七零八落的塑料模特，顿时脸色苍白。要不是杨松及时拉他一把，恐怕他早已被这些塑料模特压住了。逃过一劫的曲振海铁青着脸，急匆匆地走了。

曲振海离开后，记者们立即把杨松包围了，七嘴八舌地问他对最近发生的"塑料模特报复人类"事件的看法。有一个女记者问得更直接："杨队长，你是否也认为这一系列事件都是塑料模特干的？警方能给大家一个合理的解释吗？"

杨松的脸顿时红了。他望着眼前的一支支话筒，一字一顿地说："我可以明确地告诉大家，世上绝对没有什么冤魂附体、塑料模特杀人的事情，一切看似不可能的事情都会有合理的解释。"

"那你就给我们解释一下吧。"那女记者不依不饶。

　　"好吧，我试着给你们解释一下，希望可以消除社会上的一些谣言。"杨松想了想，说，"先说那个被倒下的模特砸中的售货员吧，其实，商场里塑料模特倒下，正好砸中旁人的情况很常见，只是大家平时都没有注意。这一次，在'模特报复人类'的传言下，这个小小的事故就被放大成一个大新闻。如果因为把模特的手脚拆除下来就要受到报复，服装店里给模特儿穿过衣服的售货员恐怕要死光了。"

　　"至于那场车祸，据我了解，那天，那辆装着塑料模特的货车开得比较快，连续超越了后来追尾的两辆小车。试想一下，当'模特杀人'的谣言传遍了满世界的时候，你又刚好看到经过的车上载满了塑料模特，一定也会马上议论起这个话题，提到对付塑料模特的办法。巧的是，当两辆小车上的人都在议论这个话题时，货车因为跑得太快，绑住塑料模特的绳子松脱了，塑料模特就掉到了公路上，紧跟在后面的两辆车紧急刹车，造成了追尾事故。"说到这里，杨松顿了顿，补充道："也就是说，这场车祸之所以和'模特杀人'事件联系在一起，完全是巧合。"

　　记者们议论起来，显然对杨松的话并不信服。那个女记者又追问："这不过是你的推测，并没有证据。更重要的是，丁妮被杀和清洁工张大姐的救心丸被偷又是怎么回事呢？如果找不到凶手，又怎么能证明不是塑料模特干的呢？"

　　杨松抬头望了望刚才塑料模特掉下来的楼顶，意味深长地笑了笑，说："这两起事件到底是怎么回事，我现在还不知道。但是，我可以负责地说，就算真是塑料模特干的，我也会将它们捉拿归案！"说完，他也离开了会场。

　　这天晚上，海蓝公司办公楼里的人陆续下班了，只有曲振海的办公室还一直亮着灯。

　　一名值班的保安打着手电筒将整幢办公楼巡查一遍后，走到了曲振海的办公室前，轻轻地敲了敲门。见里面没回应，保安就推门进去，他刚跨进办公室里，就听到曲振海吩咐道："你不用等我了，去帮我倒杯咖啡，然后休息吧！"

保安应了一声就退了出来，很快端来了一杯热咖啡，送到了门口。他刚推开门，又听到曲振海在里面说："给我吧！"保安就从门缝里把咖啡递了进去，转身离开了办公楼。

等保安的脚步声消失后，曲振海的办公室正对的模特展示橱窗里，一个长发披肩的塑料模特突然悄无声息地动了起来，只见她轻轻地走下了展示台，推开了橱窗门，径直朝曲振海的办公室走去。就在这长发模特走下展示台的时候，她旁边另一个男性塑料模特的眼睛里突然亮起了微微的红光！

长发模特并没有注意到身后的情况，她轻轻地拧开门锁，径直走进了曲振海的办公室。

在办公室里，曲振海背对着门，一动不动地看着电脑屏幕，一点也没有觉察到已经来临的危险。那长发模特悄悄地走上前，掏出一把刀猛地刺向曲振海的背部！

可这一刀下去，背部竟没有一滴血冒出来。长发模特正在奇怪，就听到身后传来了一阵响声。她扭头一看，门口不知什么时候竟站着一个男性塑料模特，两眼闪着红光，双脚不动，像僵尸一样直挺挺地向她移来！

长发模特吓坏了，手里的刀也掉到了地上。她双手捂住眼睛，发出了一阵尖叫。

五、真相

"想不到假模特也会被真模特吓住，对不对，陈盈？"男性塑料模特的身后传来了一个声音。

长发模特松开了捂住眼睛的双手，露出了脸部，果然是陈盈！

杨松从男性模特的身后走了出来，说："这个塑料模特刚才一直和你站在橱窗里，从你行动开始，它眼睛里的摄像头就已经启动，拍下了你行凶的过程。"接着，杨松把塑料模特放在了地上，朝门外喊道："都进来吧！"曲振海和几个记者走了进来，后面还跟着几个警察。

"啊！你不是在办公室里？"陈盈看到了曲振海，顿时惊叫起来。

"对，他一直在外面。"说着，杨松把座椅一转，椅子上的"曲振海"转过身来，原来只是一个穿着曲振海衣服的塑料模特！

陈盈喃喃地说："这怎么可能？我明明听到他和保安说话，保安还递了一杯咖啡给他，他怎么没在里面？"

"这太简单了。我事先录好了曲振海的两句话，装进了 MP3 里，再将 MP3 用胶带粘在门后。保安每次开门的时候，把手伸进来按一下 MP3 的控制键，你就可以听到曲振海的声音了。"杨松一脸嘲笑，"至于那杯咖啡让你觉得里面有人，这个办法我还是向你学来的。你不也是用一杯'开水'让自己洗脱杀人的嫌疑吗？"

"你、你说什么啊？我根本就没有杀丁妮！她被杀的时候，我一直在屋外，商场的保安和摄像头都可以证明！"陈盈竭力争辩。

杨松笑了笑："可是，你完全可以事先杀了丁妮，再借口去倒开水走到了门外，让保安帮你看着门。"杨松告诉大家，他一直不相信'塑料模特杀人'的鬼话，只不过一直没有找到关于凶手的线索，直到今天上午的产品说明会上发生了塑料模特跳楼的事情，他突然意识到这一系列事件应该和两年前海蓝公司工人的跳楼事件有关。于是，他迅速查清了两年前的跳楼事件。两年前，在海蓝公司办公楼上跳楼自杀的人叫陈大丰，51 岁，是海蓝公司的员工。陈大丰被公司派去送货时，被客户投诉偷窥正在换装的模特，因此，曲振海责令他在全公司的职工大会上作检讨。可就在检讨会的前一天，陈大丰跳楼自杀了。

"当初投诉陈大丰的就是丁妮！"杨松说，"把这些事情联系起来后，可以推断，最可能对丁妮和曲振海进行报复的，就是陈大丰的女儿——陈盈！"杨松查出陈盈就是陈大丰的女儿后，立即把怀疑目标锁定到她的身上。

不过，丁妮被杀那天，陈盈在保安的注视下从门缝里给丁妮递了一杯水后，便一直在门外没有进去过，似乎没有作案机会。杨松也怀疑过丁妮事先已被陈盈杀死，可当时在门内接过开水，还喝干了然后把杯子放在化妆台上的又是谁呢？

杨松盯着陈盈，一字一顿地说："问题就出在那杯水上。"现场勘察并没有在室内发现水迹，所以不可能是陈盈假装递水时直接将杯子扔在了屋里。这样看来，如果当时丁妮已经被杀，就只剩下一种可能——陈盈端进去的是空杯子！可当时，不仅陈盈身边的保安确认她端进去的是开水，当时摄像头记录的图像中，也能看到陈盈端着的杯子正冒着热气。

"不过，当我把那天的情景从头到尾回忆时，很快就想到了它。"说着，杨松打开了一个瓶子，取出了一个白色的冰状小块，然后丢进桌上的咖啡杯里，杯里立即腾起了一股雾气。他解释道："原来你是在空杯子里扔了一小块干冰而已。在那天的时装展示会开始前，舞台上不是正好有几个工作人员用干冰做舞台的烟雾效果吗？你只需要假装倒开水，拿着空杯子投一小块干冰装在里面，再端到门口就可以了。"

听到这里，陈盈双腿一软，跌坐在了地上。她痛苦地摇头，对着曲振海大吼："不错，这一切都是我做的！这两年来，我一直在准备，就是要杀了你们！你和丁妮都该死！要不是你们，我父亲也不会被逼得自杀！"

陈盈说，其实父亲陈大丰往丁妮的更衣室送塑料模特时，根本不知道里面有人在换装。他是敲了敲门才进去的，而且一听到里面有人就立即退了出来，什么也没有看到。但是，当时并不太红的丁妮正想找个事件来炒作，提高人气，这才抓住这件事不放，坚持要海蓝公司对陈大丰进行严厉处罚，把事情闹得沸沸扬扬。而曲振海为了讨好客户，并不听陈大丰的解释，执意要他在大会上公开检讨，才导致陈大丰不堪受辱，跳楼自杀。

陈盈隐瞒身份当上了丁妮的助手，便开始精心实施复仇计划。在时装展示会的那天早上，进了更衣室后，她趁着丁妮化妆，戴上手套，取下了旁边一个塑料模特的手臂，再将手掌从手臂上取下来，露出了细长的不锈钢管，从背后猛地插进了丁妮的身体，将其杀死。接着，她又把那个塑料模特儿搬过来，把手臂接上后，再将取下的手掌放在塑料模特另一只手的手心，摆成是塑料模特取下自己的手掌再杀死丁妮的姿势。然后，她取出丁妮的空杯子放在化妆台上，自己则拿着另一只一模一样的杯子到外面倒水，还让保安帮忙看着门。

因为所有人都知道丁妮化妆的时候不愿意让别人看到，所以陈盈确定虽然更衣室的门没有锁上，但在自己倒水回来前，不可能有人走进更衣室发现丁妮的尸体，所以她放心地端着一杯所谓的"开水"回来，将其从门缝里递进去，放到了事先摆在门旁的一个塑料模特的手上，再将事先已经按下的门锁拉上。而在大家破门而入的时候，那模特手上的杯子里的干冰早就挥发完了，陈盈只需在大家的注意力集中在丁妮身上时，将杯子藏起来就可以了。

陈盈知道，虽然自己将丁妮被杀巧妙地嫁祸给塑料模特，但警方肯定不会轻易相信。为了让大家相信是塑料模特杀人，她只好利用张大姐的心脏病再制造一次"塑料模特复活"的假象。

那天早上，在杨松到来之前，陈盈先给清洁工张大姐安排了好几件事情，让张大姐顾不上吃药。杨松来了，陈盈又叫张大姐马上把钥匙送过去，让张大姐不得不急急忙忙地跑到储藏室。其实，陈盈的目的正是要刺激张大姐的心脏。果然，张大姐脆弱的心脏很快就承受不住了，可当她想拿救心丸时，却不知道早被陈盈偷去了，藏在了塑料模特的衣服口袋里。陈盈说，自己并不是真想害张大姐的，她的包里早就准备好了备用的救心丸，一旦张大姐心脏病发作后不行时，她马上会掏出药来救张大姐。

至于曲振海，陈盈本想通过"塑料模特报复杀人"的事件，让他生产的塑料模特卖不出去，直至最后破产。不过，听说海蓝公司要举行产品说明会，她就决定用一个塑料模特跳楼来重现当年父亲自杀的场景，以此告诉大家，父亲是被冤枉的。当然，她还事先在会场主席台后面的货柜门上做了手脚，打算等曲振海靠近货柜时就打开门，让里面堆放的塑料模特从高处倾倒出来，砸死曲振海。

当曲振海侥幸逃脱后，已被复仇的怒火控制的陈盈只得铤而走险，装扮成塑料模特，躲进了海蓝公司的模特展示橱窗里，伺机亲手杀死曲振海。

"我杀他们，正是因为他们害得我家破人亡！"陈盈死死地盯着曲振海，两眼像是要喷出火来。

曲振海吓得连连后退，一把抓住了杨松，说："杨队长，快、快将这个杀人犯关起来！"

杨松一脸厌恶地将他的手甩开，转头对旁边的警察轻声说："带走吧！"然后头也不回地离开了曲振海的办公室。

死亡视频

一、光盘有鬼

作家陆天驾车回到小区门口，保安递给他一封邮件。他拆开邮件，见里面是一张光盘和一页信纸。光盘上没有任何标记，像是私自刻录的，而信纸上有短短的几行字："陆兄：看看这张光盘吧，里面真的有鬼！"落款是"沈威"。

沈威？陆天愣了一下，他这是什么意思呢？

沈威是一个科普作家，曾是陆天的好友。但是，陆天在报纸上主持一个叫《寻鬼记》的栏目，讲述生活中各种神秘离奇的事件。沈威认为他在宣传迷信，就针锋相对地在另一家报纸上开设《拆穿鬼话》的栏目，专门跟陆天唱反调。为此，两个好友断绝了来往。

虽然《寻鬼记》栏目让陆天的名气大了许多，可他其实并不相信世上有鬼。他不过是为了挣到更多的稿费，给儿子治病。儿子小聪三岁时因为一场大病失去了听力，需要依赖助听器才能听见声音。正因为儿子的原因，妻子离开了他们父子。

陆天很奇怪：自己已有两年没和沈威来往了，他怎么突然主动寄光盘给自己呢？而且，一向坚持无神论的沈威竟然说"真的有鬼"。

进了门，陆天拍了拍小聪的肩膀，用手语告诉他，自己要去看张光盘，让他先去做作业。小聪懂事地点点头，背着书包走进了房间。

陆天在书房里打开笔记本电脑，将那张光盘放进了光驱。打开里面的视频文件后，画面上出现了一个破旧的二层四合院，院门前站着一个年轻小伙子，画面右下角显示的时间是"20：20"。看上去，这是用 DV 机拍摄的视频。

画面上，小伙子对着镜头说："各位，欢迎来到槐林路 13 号，传说中本市最神秘的鬼屋！今天晚上，我和摄影师张健要亲自证实一下这鬼屋里到底有没有鬼！"

在晃动的画面中，小伙子一边说，一边推开了破旧的院门，穿过院子里深及膝盖的杂草，走了进去。四合院的屋檐上挂满了蜘蛛网，木质的门窗多半已经朽烂了。一段墙壁已经坍塌，倒在了院子里。

"怎么样？很阴森恐怖吧？走，我们上楼去看看！"小伙子对着镜头一挥手，沿着摇摇欲坠的楼梯朝二楼走去。

"廖峰，慢点！"一个画外音叫道，接着，镜头晃动着上了二楼。显然，说话的是拿着摄像机的张健。这时候，廖峰又进入画面，故作神秘地说道："今晚我们就在这里蹲守，希望能拍到传说中的鬼影！"说着，他拿出包里的干粮和张健吃了起来，随后又取出了睡袋铺在地上。

天色暗了下来，镜头中的景物已经看得不太清楚了。廖峰打开手电筒，照着自己的脸，对着镜头低声道："好了，从现在起，我们不能再出声了。不然，鬼就不出来了！"说完，手电筒关上了，镜头里一团漆黑。

见一直是寂静无声的黑暗画面，陆天点了一下快进键，过了一会儿，屏幕上就有了一丝光亮，陆天赶紧按下正常的播放键。

画面上的光亮来自突然打开的手电筒，照着的依然是廖峰的脸。廖峰看了看手表，悄声说："现在是晚上 23 点 20 分，外面似乎什么动静都没有，我们也很困了。"他站了起来，向外看了看，回

过头来说："现在，摄像机也没有多少电了，我们还是关了机器，先睡一会儿吧。"说着，他对着镜头作了个手势。镜头便一阵晃动，又是一团漆黑。

陆天又按下了快进键，发现后面的部分全是一团漆黑。看来，廖峰和张健这一晚什么都没有拍到。

既然没有拍到什么东西，沈威为什么把光盘寄给自己，还说"真的有鬼"呢？陆天百思不得其解。

就在这时，身后传来了一阵声响。陆天回头一看，小聪不知什么时候已进了书房，两眼直直地盯着电脑屏幕。

"小聪，你的作业做完了？"陆天关掉了播放器，转身问道，这才发现小聪没有戴助听器。他拍了拍儿子的肩膀，用手语又问了一遍，小聪这才用手语说，自己有一道数学题不会做。

于是，陆天到房间里给儿子讲解数学题。他决定明天去拜访沈威。

二、爱子失踪

第二天一早，陆天背上了电脑包，将儿子送去学校后，便往沈威家赶去。突然，他接到了一个报纸编辑打来的电话："陆老师，你知道吗？沈威过世了！"

"什么？"陆天大吃一惊，猛地踩下了刹车。

"就是和你叫板的那个沈威，听说今天在殡仪馆里举行遗体告别……"没等编辑说完，陆天已掉转车头往殡仪馆开去。

车刚开进殡仪馆的大门，陆天就看到告别大厅门前的黑纱上写着"沈威先生遗体告别仪式"。他疾步跑进去，只见大厅正中挂着的正是沈威的遗像！

沈威真的死了！陆天觉得自己有些站立不稳了。

"陆老师，谢谢你来送沈威！"就在这时，沈威的妻子走过来握住了陆天的双手。

"嫂子，沈兄他怎么……"陆天问道。

"沈威是昨天上午出意外的……"沈威的妻子说，沈威昨天早上开车经过跨河大桥，不知为何，在没有跟其他车辆碰撞的情况下，突然撞破了桥栏，冲进了河里。等闻讯赶来的救援人员潜入水底将车门打开时，他早已没气了。

沈威的妻子一边哭一边埋怨："沈威做事一向小心，驾车从来没有出过事故。你说他当时是不是被鬼迷住了，竟会犯这么致命的错误？"

陆天劝慰了几声，又问道："你知道沈兄寄过一张光盘给我吗？"

"光盘？你说的是一个星期前他收到的那张光盘吗？"沈威的妻子想了想，说，"有一天，我听到他嘀咕，说这种神神鬼鬼的东西应该寄给你，怎么会寄给他呢？原来他转交给你了。"

陆天见她也不清楚具体的情况，就没有再问。

从殡仪馆出来，陆天回家写了一篇悼念沈威的文章，这才发现，已经过了儿子的放学时间，该去学校接儿子了！他匆匆赶到学校，却发现学校里一个学生都没有了。他沿途慢慢地找，可一直找到家里，依然没有儿子的踪影！

陆天赶紧给小聪的妈妈打电话，可她说自己正在外地出差，根本没见过小聪。陆天又给学校和亲戚朋友家打电话，依然没有小聪的消息。

小聪失踪了！陆天赶紧打电话报警，儿子的听力不行，一旦失踪，后果不堪设想。

警察赶到陆天家询问情况。他们告诉陆天，因为没有任何证据证明小聪是被绑架或拐卖了，只能按规定到24小时后还没有找到，

警方才能将其定为失踪人员进行查找。他们建议陆天先自己想办法找一找。

送走了警察，陆天赶紧在屋里找出了几张小聪的照片，到附近的复印店里印制了一沓寻人启事，到火车站去碰碰运气。

火车站是本市人流量最大的地方，陆天一边散发寻人启事，一边急切地在人群中寻找，可这无疑是大海捞针。天早已黑了，陆天也累得口干舌燥，精疲力竭。

就在这时，陆天觉得肩膀上一紧，身子被往后拽去。他连退了几步才站稳，等回过神来，电脑包已经被别人抢走了！他急忙转身，只见不远处有个男子正提着他的电脑包钻进了人群里。陆天大喊着追上去，可那人很快就看不到了。

陆天绝望地坐在了地上，包里不但有笔记本电脑，还装着寻人启事和小聪的照片。这些东西丢了，靠什么去找小聪啊？

一个巡逻民警将陆天带到了车站派出所。进行了简单的询问后，民警断定抢电脑包的是一个绰号叫"猴子"的惯偷，"猴子"就住在距离车站不远的棚户区里。

民警们带着陆天来到了棚户区，这里全是待拆迁的破房子和临时搭建的窝棚。此时已是半夜，整个棚户区除了几声狗吠，听不到其他声音。一个民警轻车熟路，很快找到了"猴子"所住的出租屋，他上前敲了敲门，可屋里一点动静也没有。

"猴子，出来！"民警们大喊一声后，直接将门撞开，打着手电筒冲了进去。

三、视频索命

黑漆漆的屋子里没有一点回音。

民警找到了墙上的开关，"啪"的一声打开了电灯。陆天看到屋角的桌子上趴着一个人，而他的笔记本电脑正放在桌子上！此时，屏幕上什么也没有，红色的指示灯却显示电脑并没有关闭，电脑包则被扔在了地上。

"猴子！猴子！你睡死过去了？"民警走上前，使劲地拍了拍那人的肩膀，那人却脑袋一歪，"轰"的一声倒在了地上！

民警吃了一惊，陆天更是惊得跳了起来，倒在地上的，正是抢自己背包的"猴子"！此时，他双目圆睁，双手分别握着半张光盘，其中右手的那半张还沾满了鲜血，从他脖子上流出的血已将前胸染红了！

民警赶紧掏出手机，向派出所作了报告。没一会儿，刑警队的警察便赶到了。

经过对现场的勘查，警察确定"猴子"早没气了。显然，"猴子"是被自己右手的那半张光盘割破了脖子，失血过多而死。

桌上那台电脑还开着，只是进入了屏幕保护程序。等电脑恢复运行后，只见电脑最后执行的操作是播放光驱里的影音文件。

陆天想起来了，昨晚自己用电脑播放沈威寄来的光盘，并没有取出来。看来，"猴子"临死前看的一定就是这张光盘。地上的"猴子"手里掰成两半的光盘，难道就是沈威寄给自己的那张？

陆天打开光驱，里面果然什么都没有，他赶快把情况告诉了警察。警察没有发现其他有用的线索，就记下陆天的联系方式，让他拿着电脑先回家去。

回到家里，天已经快亮了。陆天躺在沙发上，觉得自己就像是在做梦：沈威突然过世，儿子失踪，更不可思议的是"猴子"的死，他为什么要用光盘割破自己的喉咙呢？这一天发生了太多事情，陆天只觉得精疲力竭，躺在沙发上很快便睡着了。

陆天醒来时，已接近中午。他胡乱吃了点东西，然后打开电脑，想把寻人启事发到网上，借助网络的力量寻找小聪。

陆天进入装有小聪照片的文件夹后，突然发现里面多了一个影音文件，内容竟和沈威寄给自己的光盘里的一模一样！

那张光盘不是被"猴子"掰成两半了吗？里面的文件怎么会存到硬盘里了呢？陆天明白了：一定是"猴子"不太会用电脑，他打开光盘播放时，不小心将光盘上的影音文件往这个文件夹里进行了复制。

找到了这段视频，陆天感到一阵兴奋。自从昨晚发现"猴子"死去、光盘被毁，他就隐隐觉得，这两天所发生的事情都和这段视频有关！沈威是得到光盘后出了车祸，"猴子"是看了光盘里的视频后离奇死亡。至于自己，在看了视频后儿子就失踪了！

想到这里，陆天眼睛一亮：对了，那天自己在看视频时，儿子不是曾经站在身后吗？他一定也看了！看了视频的人，已经有两人死亡，难道儿子也……陆天不敢再往下想。沈威在将光盘寄给自己的信里说"真的有鬼"，难道指的是这段视频会杀人？

陆天又将视频从头到尾仔细看了两遍，依然没有发现什么奇特之处。不过，他从刚开始时画面中的景物，确定"槐林路13号"就在距离自己家两里多路的开发区里。

陆天记得，那里被划为开发区后，居民就陆续搬迁出来。因为没有立即进行开发，许多未拆除的房屋便空置在那里，以致杂草丛生。以前在《寻鬼记》收到的读者来信中，就有人声称在那里看到有孤魂野鬼出没。不过，陆天认为这和很多地方传言闹鬼一样，是因为荒凉而让人产生了遐想，并没有放在心上。但是，这次他无论如何也要去看个究竟。

四、恐怖电影

出发前，陆天先上网搜索"槐林路13号"。没想到，不但找到了图片，还发现这个"鬼屋"竟然曾是一部恐怖电影的拍摄场地。那部恐怖电影叫《凶灵归来》，开拍后不久就发生了意外，灯光师触电身亡，而在暂停拍摄后，影片中的女配角居然失踪了。

在本市的电影爱好者论坛里，陆天找到了对这部影片停拍的更多猜测。大家认为之所以闹出这么大的事故，完全是因为电影的外景地选在了真正闹鬼的槐林路13号。有人说，槐林路13号一直闹鬼，里面的鬼魂当然不愿被这些拍电影的人打搅，便制造事故杀死了灯光师；还有人说，影片里的"凶灵"真实存在于槐林路13号，女配角在拍戏时被鬼魂附身，所以不久就失踪了；还有网友想组织一个活动，去这"鬼屋"里探险捉鬼……

陆天想，廖峰和张健说不定就是看到这些议论后才去槐林路13号"捉鬼"的。这么说来，他们很可能经常上这论坛。

于是，陆天赶紧在论坛上发帖子，寻找廖峰和张健。既然这段视频是他们拍摄的，那他们一定知道里面隐藏的秘密。只要找到他们，所有问题便迎刃而解了。

刚刚发了帖，陆天就收到一个网友发来的站内短信。网友说，不用再找了，廖峰和张健都不可能再上网了。

"不可能再上网了？为什么？"陆天立即回复，他隐隐预感到发生了什么事。既然看过视频的人都出了意外，拍摄者的遭遇更不敢想象。

很快，对方又发来了短信："自从半月前他们去槐林路13号探险回来，没过几天，张健就煤气中毒身亡；而廖峰在张健出事后的第二天竟从十几层的楼顶跳下来摔死了。他们俩都是电影学院的学生，廖峰是配音专业，张健是摄影专业，可惜就这么没了……"

他们果然出事了！陆天想了想，决定去槐林路13号看看。他来到了位于开发区边上的槐林路13号，只见院子四周是一些已经废弃的老屋，几个拾荒者正在废墟里翻找东西。

陆天正要进去，发现院门上贴着封条，旁边的围墙上还写着一个斗大的"拆"字。

这房子要拆了？陆天正在疑惑，就听到有人叫道："喂，不能进去！"

一个穿着制服的中年男子走到陆天跟前，冷冰冰地说："我是拆迁办的，这院子是危房，马上就要拆了，你不能进去。"

"我看看就走，不行吗？"陆天说。

男子坚决地摇了摇头："你没看到封条吗？谁也不能进去！"

陆天只得转身离开，没走多远，他接到了派出所打来的电话。原来，有市民在立交桥下发现了一个小孩，这小孩不能说话，年龄和相貌都和失踪的小聪很接近。如今，小孩正在医院里急救，派出所希望陆天马上赶到医院去辨认。

小聪找到了?! 陆天立即飞奔到医院。在急救室里，他看到躺在病床上的，正是已失踪一天一夜的小聪！此时，小聪脸色苍白，双目紧闭。陆天拉着儿子的手不停地摇动，小聪这才微微睁开眼睛，看了看陆天，嘴唇动了动，还没有说出一个字，又昏了过去。

医生告诉陆天，小聪被送来时神志不清，体质很虚弱，而且可能被注射了麻醉药物，估计在24小时后才可能清醒过来。好在小聪被及时发现，要是在野外，他很可能已经没命了。因为小聪已经没有太大的危险了，医生让陆天先回去休息。

回到车上，陆天再次打开笔记本电脑，又将那段视频看了一遍。他闭目想了一会儿，掏出手机，拨通了报社主编的电话，说："喂，郑主编，我是陆天，可以帮我联系朱志刚导演吗？"

朱志刚就是《凶灵归来》的导演，《凶灵归来》刚开拍时，他曾来报社作过宣传，跟郑主编很熟悉。陆天要找他聊聊那段神秘的视频和槐林路13号的怪事。如今，接触过视频的人，除了自己，死的死，昏迷的昏迷，而朱志刚带着摄制组在槐林路13号拍过几周戏，也许他了解一些情况。

郑主编很快就帮陆天联系上了朱志刚，而朱志刚听说陆天想了解关于槐林路 13 号的事，很快答应了，相约几小时后在一家咖啡馆里见面。

五、情景重现

陆天赶去咖啡馆时，朱志刚已经坐在那里等他了。陆天自我介绍后，立即打开电脑，将那段视频播放给朱志刚看。

"这里面并没有什么特别啊……"朱志刚连看了两遍，嘀咕道。

陆天摇了摇头："的确没有什么特别。可奇怪的是，不但拍摄视频的人死了，连看过的人也接连出事。"

"难道这视频里有鬼？"朱志刚慌了，"那我们会不会有危险？"

陆天叹了口气："听说你们在槐林路 13 号拍《凶灵归来》时发生过意外，灯光师死了，而后一个女配角也失踪了……"

朱志刚点了点头，神色黯淡下来："说实话，那件事情的确非常怪异。我平时做事非常小心，出事那天，我们也仔细检查过所有线路，确认安全后才开拍，没想到，灯光师突然触电身亡……"他的声音有些哽咽了。

陆天拍了拍朱志刚的肩膀："你也不用难过。我看过网上的议论，觉得有些说法不无道理，尤其是这两天发生的事情，让我更加相信当初槐林路 13 号真的有鬼魂存在。在摄制组离开后，这些鬼魂就附在了两个'捉鬼者'所拍摄的视频里，离开了槐林路 13 号。因此，不论是这段视频的拍摄者还是观看者，最后都发生了意外。至于那些鬼魂为什么要附在视频里，我也是刚刚想明白。"他喝了一口咖啡，慢慢地说道，"几个钟头前，我去看那鬼屋，这才知道那里马上要拆毁了，鬼魂将无处安身，只好趁着廖峰和张健去现场

拍摄时，附身在了视频里，离开鬼屋……"

"真、真的是这样？"朱志刚目瞪口呆。

"很有可能！"陆天越说越激动，"你一定知道日本的《午夜凶铃》，里面的鬼魂不就是通过电波进入别人家里，然后从电视机里爬出来的吗？我一直主持《寻鬼记》，听说过更多不可思议的事情……"

"那你为什么不直接将视频删掉呢？"朱志刚问。

陆天答道："其实，原来的光盘已经被'猴子'掰成两半，用来杀死了自己，我也以为这事就这么结束了，可没想到，竟在自己的电脑里又找到了一个备份。我曾怀疑是'猴子'不小心将视频复制在了硬盘里，可到现在我才明白，一定是'猴子'知道视频中藏有鬼魂，故意毁坏了光盘，但鬼魂还是提前将视频复制到硬盘上。所以，这段视频并不容易销毁，即使我现在将它删掉，它一定还会以其他方式进行复制，还会继续杀人！"

朱志刚害怕了，连声问道："那怎么办？我们俩都看过视频了，会不会也……"

"不会的！"陆天满含深意地笑了，"我已经想到了办法，让这视频中的鬼魂不再害人！"

"什么办法？"朱志刚眼睛一亮。

"通过情景重现，让鬼魂重新回到槐林路 13 号去！"陆天解释说，在很多关于鬼魂的传说中，只要让鬼魂附身的那一刻情景重现，就能让其离开所附的躯壳。他打算今晚把电脑带到槐林路 13 号去，按照视频中的情形，重现廖峰和张健那晚拍摄视频时的情景，同时将电脑毁掉，视频中的鬼魂就不得不回到槐林路 13 号去了。

朱志刚有些不解："为什么一定要今晚去呢？"

"听说槐林路 13 号明天就要拆除了，一旦拆除，就无法情景重现了，我就更害怕不能让鬼魂离开这段视频。要是这段视频再通过

你的生命只剩 24 小时
NIDESHENGMINGZHISHENGZHIAODSHI

什么方式传播出去，岂不是要造成更多人受害？"陆天说，"今晚，我想请你和我一起去。因为视频里拍摄那晚是廖峰和张健两人，而我听说你最早也是搞摄影的，想让你来扮演张健，而我来扮演廖峰……"

"好吧！"朱志刚答应了，"我们各自回去准备，今晚在槐林路13号门口见。"说完，他们各自离开了咖啡馆。

这天晚上，陆天背着电脑包来到了槐林路13号，而朱志刚正和门口穿制服的中年男子说着什么。

"你们真的不能进去……"中年男子挡住了朱志刚。

"你是拆迁办的吧，我来跟你们领导说。"说着，朱志刚拨通了一个号码，和对方聊了一会儿，就将手机递给了中年男子，"你们领导让你听电话。"

中年男子接过电话，片刻后，他将电话还给朱志刚，打开了槐林路13号的院门。

陆天和朱志刚走进院门，沿着视频中廖峰和张健所走的路线，一步步来到了二楼。陆天先取出电脑放在地上，然后打开了。视频里，廖峰打开手电筒，照着自己的脸，对着镜头说："好了，从现在起，我们不能再出声了。不然，鬼就不出来了！"说完，他关上了手电筒，视频里立即变成了黑暗的画面。此时，天也完全黑下来了，除了电脑屏幕泛出一点清冷的光，屋子里一团漆黑。

陆天和朱志刚坐在地上，不知过了多久，电脑屏幕上出现了一丝光亮，接着廖峰的脸出现了。视频中，廖峰看了看手表，对着镜头悄声说："现在是晚上23点20分，外面似乎有什么人过来了，我起来看看！"

"这……怎么跟原来的视频不同？"陆天猛地站了起来，"廖峰说的话不一样！"

朱志刚也反应过来，惊讶地说："对，他原来说'外面似乎什

么动静都没有'，现在说的是'外面似乎有什么人过来了'。"

话音未落，只见陆天两眼瞪着屏幕，大叫："我看到了，真的有人进了院子！他往院子那段断墙走去……快看快看，他正掀开那里的砖，想往井里扔什么……"

朱志刚被陆天的样子吓坏了，他揉了揉眼睛，可屏幕上依然一团漆黑，什么也看不到。他结结巴巴地问："你、你在说什么？"

陆天没有理他，转身朝楼下跑去。朱志刚赶紧追了上去。

六、"鬼屋"真相

等朱志刚追上来时，陆天已跑到了院子的那段断墙处，正要掀开盖在井口的砖块。朱志刚一把抓住他，厉声问道："你要干什么？"

陆天说："鬼魂就在这里面！"说着又躬下身去。就在这时，他觉得背后有人一推，将他撞倒在地，等回过神来，朱志刚已双膝跪在他的身上，压得他动弹不得。

"我不管你是不是被鬼魂附身，总之，你知道得太多了！"说着，朱志刚咬牙切齿地举起了一把匕首，"现在，就让你下去跟他们做伴！"

"住手！"一声大喝后，许多只手电筒向两人射来，院子里一下子涌进了十几个警察。一个警察叫道："朱志刚，放下凶器！"

刚才还一脸凶相的朱志刚一惊，匕首掉在了地上，一个警察冲上前将他铐了起来。

带队的警官将陆天扶起来，关切地问："陆老师，你没受伤吧？"

陆天揉了揉手臂，笑道："受了点皮外伤。还好，真正的鬼魂显形了！"

"这是你设下的套?"朱志刚明白过来,"可是,你怎么知道这井里有东西? 视频不是什么都没有拍下来吗?"

"因为天太黑了,廖峰和张健那晚确实没有拍下你往井里移尸的画面。不过,廖峰却通过视频说出了真相!"陆天嘲笑道,"只不过,你没有看出来而已!"

"这怎么可能? 那段视频我也看了好几次,他根本就没说过什么!"朱志刚不相信。

"你听到的只是廖峰的声音,但他的声音并不代表他说了什么。"陆天一字一顿地说,"因为,你所听到的,是廖峰后来为视频重新配的音,而他当时真正说的,只有通过视频里他的唇语才知道!"

"因为我的孩子听力有问题,我经常教他辨认唇语来'听'别人的话,所以我对唇语也很熟悉。"陆天告诉大家:在医院里,小聪的嘴唇动了动,虽然没有说出话,但从唇语中看出,儿子是在叫唤自己。联想到廖峰学过配音,陆天一下子反应过来,想起画面中廖峰的口型和所说的话不大吻合。

回去后,陆天将视频中的声音消掉,又看了一遍。他通过辨认廖峰的唇语,终于知道视频中廖峰说的话和实际听到的声音完全是两回事。配音里说"外面似乎什么动静都没有,我们也很困了",实际上,他真正说的是"外面似乎有什么人过来了,我起来看看";配音里说"现在,摄像机也没有多少电了,我们还是关了机器,先睡一会儿吧",实际上是"奇怪,那人扛了一个东西过来,还扔进了井里面,那是一具尸体吧"。

陆天读懂了视频中廖峰真正说的话后,一下明白过来:原来,张健的死很可能是因为他们在槐林路13号目睹了有人弃尸,而被凶手杀人灭口。凶手知道那晚自己弃尸的过程被拍成了视频,必定会将接触过视频的人统统杀死。至于廖峰,一定是意识到了危险,所

以将视频重新配音，伪装成当晚自己和张健并不知情，以躲开追杀。因为知道危险可能无法避免，他又将光盘寄给了沈威。

廖峰知道，沈威是个坚定的无神论者，一定会从科学角度探寻视频中的秘密，从而发现真相。沈威拿到光盘后，也觉得其中有蹊跷，才说"真的有鬼"，又将光盘寄给了陆天，希望陆天来找自己一起破解当中的秘密。可光盘刚寄出，沈威就被人故意制造交通事故杀死了。

"至于小聪，他的耳朵听不到，所以那天站在我身后观看视频，并没有受声音的影响，直接从廖峰的唇语读出了廖峰真正说的话。"陆天有些自责，说，"他一定是以为我所听到的跟他'听'到的一样，他知道我一旦发现了什么，非弄个一清二楚不可，所以，见放学后我没有及时去接他，就认为我是去了附近的槐林路13号，于是，他也去了那里……"

"要是我知道那小孩是你儿子，再关他一天就没事了。"朱志刚沮丧地摇了摇头，"你说对了。廖峰和张健来这里'捉鬼'的当晚，正好看到我往井里扔尸体。因为天黑，他们没看清我的相貌。不过，我很快就从电影论坛上知道，他们俩那晚正好到槐林路13号'捉鬼'。我以为他们拍下了我弃尸的过程，所以必须杀了他们，并销毁视频。"

朱志刚说他雇请了杀手，分别将张健和廖峰杀害，并伪造成意外。可杀了这两人后，他又发现那段视频已经被刻成光盘寄给了沈威，于是，他又杀了沈威。因为没有在沈威那里找到光盘，他就派人潜伏在沈威的遗体告别仪式上打探消息。这时候，陆天恰好赶来跟沈威的妻子谈起光盘，他这才知道光盘在陆天的手上。

朱志刚派杀手跟踪陆天，可陆天一路找儿子，他们没有机会下手。陆天在火车站丢了电脑包，朱志刚猜想，那张光盘应该在电脑包里，就派人跟着"猴子"进了出租屋。"猴子"刚刚打开光盘，准备看的时候就被杀手杀死，并毁掉了光盘。

朱志刚以为问题都已经解决了，没想到陆天却主动联系他，还让他看那段视频。听说陆天要去槐林路13号，他只得答应跟着去。因为那个院子第二天就要拆毁了，深埋在井里的尸体将不会再有人知道。但是，如果这晚陆天有所发现，就可以立即杀死他。

"那个所谓的拆迁办工作人员也是你的人吧?"陆天问道。当他要进槐林路13号的院门时，却被那个自称是拆迁办工作人员的中年男子拦住了。一个即将拆毁的废弃院子，拆迁办为什么还要派人专门看守呢? 后来，陆天读懂了视频中的唇语，明白所有的秘密都在槐林路13号的枯井里。他这才明白，那个中年男子一定是不想让外人进去发现些什么，很可能就是凶手的同伙。陆天随即联系拆迁办，证实了他们并没有派人看守院子。不过，陆天报警后，警察并没有马上抓那个中年男子，而是打算跟踪追查，引出幕后黑手。

朱志刚点了点头："视频的事让我很头痛，为了避免有人再进去发现什么，我只得想办法先将这里封闭起来。至于那个小孩，他不应该找来这里，他不会说话，我不知道他是否知情，只得先将他扣下。因为明天这里就要拆毁，我就将他麻醉，扔在了立交桥下……"沉默片刻，他不解地问， "可是，你为什么能想到是我呢?"

"我刚开始找你，只因为你在这里拍过戏，有可能了解一些情况。"陆天说， "可是，作为一个心中无鬼的正常人，你竟相信我'情景重现'的鬼话，还爽快地答应今晚跟我到这里来。显然，你是怕我发现真相，要好好看着我! 而当你在院外假装打拆迁办的电话时，我已经确信，你和那个假冒拆迁办人员的中年男子是一伙的，你是真正的凶手!"

看着警察在井边打捞，陆天叹了口气，说："可是，你为什么要费尽心机杀那么多人呢? 这井下的尸体到底是谁?"

　　"小娟，那个失踪的女配角！"朱志刚心里充满了怨气，"为了上这个戏，她主动爬上了我的床。可他的男朋友——那个灯光师却扬言要向媒体曝光，令我身败名裂，我不得已就制造意外杀了他。所有人都以为真是意外，是鬼屋闹鬼，可偏偏被小娟发现了，她就要挟我娶她。我只得一错再错，杀死了她，想到这里是弃尸的最佳地点，这才将尸体运来……"

　　站在传说中鬼怪横行的槐林路13号门前，陆天突然记起了沈威信里的那句话"真的有鬼"。是的，真的有鬼，但不在这槐林路13号里，也不在视频中，而是在一些人的心里……